W0337291

SV

Mario Vargas Llosa

Geheime Geschichte eines Romans

Aus dem Spanischen
von Elke Wehr

Suhrkamp

Die Originalausgabe erschien 1971 unter dem Titel
La historia secreta de una novela
bei Tusquets Editor, Barcelona.
© Mario Vargas Llosa 1971

Erste Auflage 1992
© der deutschen Ausgabe
Suhrkamp Verlag Frankfurt am Main 1992
Alle Rechte vorbehalten
Satz: Pustet, Regensburg
Druck: Nomos Verlagsgesellschaft, Baden-Baden
Bindung: Münchener Industriebuchbinderei
Urban Meister GmbH
Printed in Germany
ISBN 3-518-40450-4

Geheime Geschichte eines Romans

Für Carlos Fuentes

Dieser Vortrag, ursprünglich in einem rudimentären Englisch verfaßt, das mein Freund Robert B. Knox verbesserte, wurde am 11. Dezember 1968 in der Washington State University (Pullman, Washington) gehalten.

Wer einen Roman schreibt, unterzieht sich einer Prozedur, die dem Striptease gleicht. Wie die junge Frau, die sich im Licht indiskreter Scheinwerfer ihrer Kleidungsstücke entledigt und nach und nach ihre verborgenen Reize zeigt, entblößt auch der Romancier durch seine Romane sein Innerstes in der Öffentlichkeit. Aber es gibt natürlich Unterschiede. Was der Romancier von sich selbst zur Schau stellt, sind nicht seine verborgenen Reize, wie es die ungenierte Tänzerin tut, sondern Dämonen, die ihn quälen und verfolgen, den häßlichsten Teil seiner selbst: seine Sehnsüchte, seine Verfehlungen, seine Ressentiments. Ein weiterer Unterschied liegt darin, daß bei einem Striptease die Tänzerin zu Beginn bekleidet und am Ende nackt ist. Im Fall des Romans verhält es sich umgekehrt: Am Anfang ist der Romancier nackt und am Ende bekleidet. Die persönlichen Erfahrungen (seien sie erlebt, geträumt, gehört oder gelesen), die den ursprünglichen Antrieb für das Niederschreiben der Geschichte bildeten, unterliegen im Verlauf des schöpferischen Prozesses einer derart geschickten Tarnung, daß nach der Fertigstellung des Romans niemand, oft nicht einmal der Romancier selbst, ohne weiteres jenen autobiographischen Herz-

schlag vernehmen kann, der zwangsläufig in jedem dichterischen Werk pulsiert. Das Schreiben eines Romans ist ein umgekehrter Striptease, und alle Romanciers sind diskrete Exhibitionisten.
Ich habe gedacht, für Sie, die Sie Romanleser sind, könnte es interessant sein, einem solchen Striptease beizuwohnen, an dessen Ende ein erzählerisches Werk steht. Ich möchte heute abend versuchen, in einer konzisen Zusammenfassung den Prozeß zu rekonstruieren, aus dem ein Roman entstanden ist, den ich zwischen 1962 und 1965 geschrieben habe: *Das grüne Haus*. Ich beabsichtige nicht, Ihnen die technischen Probleme darzulegen, die sich mir beim Schreiben stellten, sondern die Tatsachen, welche die Wurzeln dieses Romans bildeten, sowie den eigentümlichen Prozeß, in dem diese Erfahrungen, die verschiedenen Zeiten und Umständen angehören, zusammenwirkten, sich wechselseitig durchdrangen und veränderten und sich in einer Geschichte aus Wörtern gewissermaßen von mir emanzipierten.
Die Handlung des Romans ist in zwei sehr unterschiedlichen Orten meines Landes angesiedelt. Der eine ist Piura, im äußersten Norden der Küste, eine von großen Sanddünen umgebene Stadt. Der andere, sehr weit von Piura entfernt auf der anderen Seite der Anden, ist eine winzige Handelsniederlassung in der Amazonas-Region mit Namen Santa

María de Nieva. Diese beiden Orte stellen zwei völlig entgegengesetzte historische, soziale und geographische Welten dar und sind voneinander isoliert, denn die Verbindungen zwischen ihnen sind endlos lang und mühselig. Piura ist die Wüste, die gelbe Farbe, die Baumwolle, das spanische Peru, die »Zivilisation«. Santa María de Nieva ist der Urwald, die üppige Vegetation, die grüne Farbe, indianische Stämme, die noch nicht in die Geschichte eingetreten sind, Institutionen und Sitten, die sich wie Überbleibsel des Mittelalters ausnehmen. An diesen beiden festen Schauplätzen ereignet sich hauptsächlich die Handlung des Romans *Das grüne Haus*; es gibt noch einen dritten, einen beweglichen: den Fluß Marañón, auf dem ein Strang der Geschichte verläuft.

Der Ursprung dieses Romans geht auf eine Zeit meines Lebens zurück, die dreiundzwanzig Jahre zurückliegt (das ahnte ich damals natürlich nicht im geringsten), auf das Jahr 1946, als meine Familie zum ersten Mal nach Piura kam. Wir lebten nur ein Jahr dort, danach zogen meine Mutter und ich nach Lima. Dieses Jahr, das ich in Piura verbrachte, als ich ein kleiner Junge von zehn Jahren war, erwies sich als entscheidend für mich. Die Dinge, die ich tat, die Menschen, die ich kennenlernte, die Straßen, die kleinen Plätze, die Kirchen, der Fluß und die Sanddünen, in denen meine Klassenkameraden von der Salesianer-Schule und ich spielten, blieben wie mit Feuer in mein Gedächtnis gebrannt. Ich glaube, keine andere Zeit früher oder später hat mich so stark geprägt wie diese Monate in Piura. Was war der Grund? Warum erinnere ich mich an dieses Jahr mit solcher Deutlichkeit, mit dieser manischen Fülle an Einzelheiten? Die Frage beschäftigt mich, und ich habe mehrmals versucht, eine Antwort zu finden. Meine Mutter meint, der Grund dafür liege vielleicht darin, daß ich in diesem Jahr zum ersten Mal das Meer sah. Wir hatten bislang in Cochabamba gelebt, einer bolivianischen Binnenstadt, und die Entdeckung des Pazifischen Ozeans erregte mich anscheinend mehr als seinerzeit den Konquistador Balboa, so sehr, daß ich lange Zeit davon träumte, Seemann zu werden. Oder es mag an der Entdeckung meines Landes gelegen haben, denn 1946 war das erste Jahr, das ich in Peru verbrachte (meine Familie war im Jahr meiner Geburt nach Bolivien gezogen). Zu jener Zeit, zwischen dem neunten und zehnten Lebensjahr, war ich ein glühender Nationalist, ich glaubte, Peruaner zu sein sei besser, als etwa Ecuadorianer oder Chilene zu sein, ich hatte noch nicht begriffen, daß das Vaterland ein bedeutungsloser Zufall im Leben ist. Aber vielleicht liegt der Hauptgrund dafür, daß diese Zeit in Piura so tiefe Spuren in mir hinterlassen hat, darin, daß einige eilfertige

Freunde mir in diesem Jahr, als wir eines Nachmittags versuchten, in den schon fast versiegenden Wassern des Piura zu baden, mir etwas mitteilten, das ein emotionales Erdbeben in mir auslöste: nämlich daß die Babys nicht aus Paris kamen, daß es nicht stimmte, daß weiße Störche sie aus exotischen Landstrichen ins Leben brachten. Ich vermute, daß ich bis dahin in der Überzeugung gelebt hatte, ich sei auf den weichen, warmen Flügeln dieses schönen Vogels (den ich nie gesehen hatte) in die Welt gekommen, der Storch habe mich in die Arme meiner Mutter gelegt. Jedenfalls war ich tief verletzt, als ich entdeckte, daß die Dinge sich sehr viel irdischer zugetragen hatten, und es dauerte ziemlich lange, bis ich mich mit dem wahren Ursprung der Babys abfinden konnte. Womöglich war also dies der Grund: Da ich diese rüde Entdeckung in Piura machte, haben sich vielleicht alle Dinge, die in einem räumlichen und zeitlichen Zusammenhang mit diesem wichtigen Ereignis standen, mit der gleichen Hartnäckigkeit wie dieses in meiner Erinnerung festgesetzt.

Welches auch immer der Grund gewesen sein mag, als ich im Sommer 1947 von Piura nach Lima zog, war mein Kopf jedenfalls mit Bildern besetzt. Manche verloschen mit der Zeit, andere überlebten schwach und farblos, aber zwei von ihnen gewannen jeden Tag mehr Gewicht und mehr Leben und verwandelten sich in zwei untrennbare Gefährten, in zwei geheime Mythen. Das erste war die Gestalt eines Hauses außerhalb von Piura, auf dem anderen Flußufer, inmitten der Wüste, das man von der Alten Brücke aus sehen konnte, einsam zwischen den Sanddünen. Das Haus übte eine ungeheure Anziehungskraft auf meine Schulkameraden und mich aus. Es war eine schlichte Konstruktion, mehr eine Hütte als ein Haus, und vollkommen grün angemalt. Alles an ihm war seltsam: seine abgelegene Lage von der Stadt, seine unerwartete Farbe. Damals gab es kaum Vegetation in Piura, die Häuser hatten keine Gärten, es wuchsen nur wenige Bäume in den Straßen (die Baumwollpflanzungen lagen weit von der Stadt entfernt, nur spärliche Johannisbrotbäume brachten hier und da Abwechslung in die Sandwüste), und die Hauswände, Türen und Fenster waren gewöhnlich weiß, gelb, ockerfarben, fast niemals grün. Vielleicht waren es seine Einsamkeit und seine feuchte Haut, welche zuerst die Neugier meiner Freunde und die meine weckten. Aber diese Neugier wurde bald von beunruhigenderen Dingen geschürt. Etwas Böses und Rätselhaftes, eine diabolische Aura umgab dieses Gebäude, das wir »das grüne Haus« getauft hatten. Man hatte uns verboten, in seine Nähe zu gehen. Den Erwachsenen zufolge war es gefährlich und sündhaft, sich diesem Ort zu nähern, und ihn zu betreten war undenkbar, sie sagten, es käme dem Tod oder einer Fahrt direkt in die Hölle gleich. Die Erwachsenen gerieten in Verwirrung, wenn wir sie nach dem »grünen Haus« fragten. Was geschah in seinem Innern? Nichts, schlechte Dinge, ruchlose Dinge, stellt keine dummen Fragen, haltet den Mund, geht Fußball spielen. Meine Freunde und mich versetzten diese Warnungen in Unruhe, wir sprachen die ganze Zeit davon, unsere Phantasie versuchte hartnäckig zu erraten, was sich hinter soviel Geheimnistuerei verbarg. Ich vermutete, daß irgendein Zusammenhang zwischen dem »grünen Haus« und der Zerstörung des Mythos von Paris und den weißen Störchen bestand, aber ich vermochte nicht zu sagen, wie und warum. Meine Freunde und ich wagten nicht, uns dem »grünen Haus« allzusehr zu nähern, denn es zog uns nicht nur an, sondern machte uns gleichzeitig auch Angst. Aber immer wieder gingen wir hin, um es auszuspionieren. Wir verfügten über einen hervorragenden Beobachtungsposten auf der Alten Brücke. Der eigentliche Spaß bestand darin, »das grüne Haus« abends zu beobachten. Denn tagsüber war das kleine Gebäude ruhig und friedlich, harmlos, wie eine Eidechse, die im Sand schlief, ein Baum, der in der Sonne verdorrte. Aber mit Einbruch der Dunkelheit verwandelte sich »das grüne Haus« in ein lebendiges, leuchtendes, fröhliches und lärmendes Wesen. Wir konnten die Lichter sehen, wir konnten die Musik hören, denn an den Abenden wurde im »grünen Haus« gesungen und getanzt. Von der Alten Brücke aus konnten meine Freunde und ich – und das war noch viel aufregender – aber auch die Besucher des »grünen Hauses« erkennen. Denn kaum senkte sich die Dunkelheit über Piura, begann »das grüne Haus« viele Besucher zu empfangen, die seltsamerweise ausschließlich männlich waren. Wir lauerten ihnen auf, wir gerieten aus dem Häuschen, wenn wir unsere Brüder, unsere Onkel, unsere eigenen Väter erkannten, wie sie verstohlen die Brücke überquerten. Sie reagierten verwirrt und erschrocken, wenn sie uns vor sich auftauchen sahen, schnaubten vor Wut, wenn sie uns ihre Namen rufen hörten. Sie wollten nicht, daß die Leute erfuhren, daß sie »das grüne Haus« besuchten, und sie bestachen oder bestraften uns, um uns den Mund zu stopfen. Ein anderer Sport, den ich und meine Freunde betrieben, bestand darin, eine der Damen wiederzuerkennen, die im »grünen Haus« lebten, wenn sie in die Stadt kam, um Einkäufe zu machen, in die Kirche oder ins Kino zu gehen. Denn in diesem sonderbaren Wohnhaus – ein weiteres Geheimnis – gab es nur Frauen. Ich weiß nicht, wer von uns eines Tages begann – vielleicht war ich es selbst –, die aufgeputzten Damen des »grünen Hauses« »Drinsassinnen« zu nennen; seitdem nannten wir sie nur so. Erkannten wir eine dieser eleganten, stolzen Damen auf der Straße, liefen wir hinter ihr her, umstellten sie und riefen »Drinsassin«, »du wohnst im grünen Haus«, und dann verlor die Dame die Fassung, wurde rot, ging auf uns los, griff sich Steine, erschreckte uns mit derben Unflätigkeiten: auch die Drinsassinnen wollten die Leute nicht wissen lassen, daß sie im »grünen Haus« lebten. In der Schule hatten wir einen Religionslehrer, Padre García, einen alten, grantigen Geistlichen, der die Beherrschung verlor, wenn er erfuhr, daß wir »das grüne Haus« ausspioniert hatten oder irgendeiner Drinsassin nachgelaufen waren. Dann schimpfte er uns aus und bestrafte uns. Er war ein leidenschaftlicher Sammler von Heiligenbildchen, und seine Strafen bestanden immer darin, daß man ihm irgendein rares Stück für seine Sammlung übergeben mußte. Dies war also eines der Bilder, die ich mit nach Lima nahm und die beharrlich in meiner Erinnerung weiterbrannten.

Das andere Bild, das, wie »das grüne Haus«, in mir lebte und wuchs, war das eines armen Viertels in Piura, ein höchst merkwürdiger Teil der Stadt. Das Viertel hieß die *Mangachería*. Dort lebten sehr arme Leute, und die meisten Häuser waren kümmerliche Hütten aus Lehm und Bambus, in den Sand gebaut, denn die *Mangachería* lag ebenfalls in der Wüste, dem Teil der Stadt, in dem sich das »grüne Haus« befand, genau entgegengesetzt. Dieses armselige Viertel war das fröhlichste und originellste von Piura. Auf den Dächern vieler seiner Hütten flatterten an einem rohen Stock rote oder weiße Fähnchen; das heißt, es waren Chichaschenken und Garküchen, in denen man sämtliche Arten von Chicha, von der dünnen bis zur dicklichen, trinken und die zahllosen Gerichte der örtlichen Küche verzehren konnte. Sämtliche Musikgruppen, sämtliche Piuranischen Orchester waren in der *Mangachería* entstanden. Die besten Gitarristen, die besten Arpa-Spieler, die besten Komponisten von *valses* und *tonderos* und die besten Sänger der Stadt waren *mangaches*. Das Viertel besaß eine starke und andersartige Persönlichkeit, alle *mangaches* waren stolz darauf, in dem Viertel geboren zu sein und dort zu leben, und waren zuerst *mangaches*, dann Piuraner und dann Peruaner. Die Rivalität der *Mangachería* mit einem anderen Viertel von Piura, der *Gallinacera*, war einst legendär gewesen und hatte zu Kämpfen mit Fäusten und Messern, zu individuellen Herausforderungen und kollektiven Schlachten geführt, aber zur damaligen Zeit hatte sich die *Gallinacera* bereits in etwas aufgelöst, was wir leicht ironisch die Zivilisation nennen könnten – es war ein nichtssagendes Viertel von Angestellten, Händlern und Handwerkern –, und nur noch in der *Mangachería* dauerte das alte, bunte und lärmende wilde Leben der Stadt fort. In Piura ging eine Legende über die *Mangachería* um, der zufolge die *mangaches* niemals zugelassen hatten, daß eine Streife der Guardia Civil nach Einbruch der Dunkelheit das Viertel betrat. Die *mangaches* haßten die Polizisten, der Uniformierte, der sich in das Viertel wagte, wurde beschimpft, mit Spott und Steinen von den kleinen Jungen verfolgt, oftmals angegriffen. Die *mangaches* haßten die Polizei unter anderem deshalb, weil die *Mangachería* auch die Wiege der frechsten Diebe, der erfinderischsten und erfolgreichsten Delinquenten von Piura war. In jenem Jahr, 1946, las ich verschiedene Romane von Alexandre Dumas; sie begeisterten mich (sie begeistern mich noch immer), und ich las sie mit jener reinen, glühenden Leidenschaft, mit der man im Alter von zehn Jahren liest. Ich erinnere mich sehr gut, wie ich, als in den Romanen von Dumas der »Hof der Wunder« auftauchte, jenes faszinierende Viertel (in der Sicht, die uns die Romantiker davon vermittelten) des alten Paris, Zuflucht von Abenteurern und Kriminellen, sofort an die *Mangachería* dachte, ich *sah* auf der Stelle die *Mangachería* vor mir. Diese Identifikation hat sich in meinem Kopf gehalten. Ich kann den »Hof der Wunder« nicht nennen hören, ohne augenblicklich die Hütten, Chichaschenken, Straßenhunde, kleinen Esel (sie

nennen sie *piajenos*, Fremdfüße) und die lauten, streitsüchtigen *mangaches* zu erblicken.
Eine weitere Eigenschaft der *mangaches* bestand darin, daß sie »urristas« waren, das heißt Mitglieder oder Anhänger der Partei »*Unión Revolucionaria*«, die von General Sánchez Cerro und von Luis A. Flores gegründet worden war, einem der wenigen begeisterten Verfechter, die der Faschismus in Peru besaß. Die *mangaches* waren nicht deshalb »urristas«, weil sie der faschistischen Ideologie anhingen, die sie nicht kannten, sondern aus persönlicher Verehrung für General Sánchez Cerro, der einem falschen und hartnäckigen Mythos zufolge in einer Hütte der *Mangachería* zur Welt gekommen war. Es hieß, Flores habe in den dreißiger Jahren Demonstrationen der »urristas« organisiert, in denen die *mangaches* mit schwarzen Hemden und Tüchern und mit römischem Gruß durch die Straßen von Piura gezogen seien. 1945 retuschierte die »Unión Revolucionaria« in aller Eile dieses totalitäre Vorleben und präsentierte sich als demokratische Partei. Schon damals war der »Urrismus« eine veraltete, kuriose Erscheinung in Peru; nur in Piura besaß er eine gewisse Verwurzelung im Volk aufgrund der urigen, irrationalen Treue der *Mangachería* gegenüber der Person von Sánchez Cerro, der schon seit so vielen Jahren tot war. Auch in politischer Hinsicht stellte Piura einen Sonderfall im

Land dar: Es war der einzige Ort, an dem man von einem gewissen Parteiengleichgewicht sprechen konnte. Während im übrigen Peru der ganze oder fast der ganze organisierte Teil des Volkes der APRA angehörte und die anderen Parteien sowohl von der Führung als auch von der Mitgliederzahl her wenig Gewicht besaßen, waren in Piura der »Urrismus«, die APRA und die Sozialistische Partei Massenparteien, die letztere auch aufgrund der persönlichen Treue zahlreicher Bauern und Arbeiter gegenüber der bewundernswerten Gestalt von Hildebrando Castro Pozo, einem großen sozialpolitischen Kämpfer aus Piura. Gewisse Viertel waren apristisch, andere sozialistisch, und die *Mangachería* war »urrista«. In sämtlichen Hütten gab es aus Zeitungen und Zeitschriften ausgeschnittene, mittlerweile vergilbte Bilder von General Sánchez Cerro, und ein weiterer Stolz des Viertels bestand darin, daß es niemals eine apristische Familie in seinem Bereich geduldet hatte. Wenn die *mangaches* bei ihren Trinkgelagen nicht gerade *valses* und *tonderos* sangen, dann ließen sie Sánchez Cerro hochleben und riefen »Nieder mit der APRA«, und politische Prügeleien bildeten in diesem Jahr 1945-46 (einem der demokratischsten und freiesten der ganzen peruanischen Geschichte) ebenfalls ein tägliches Schauspiel in der Stadt. Dies ist die an-

dere vorherrschende Erinnerung, die ich aus Piura mitnahm: die *Mangachería*.
In Lima kam ich in die La Salle-Schule, wuchs heran, in den folgenden Jahren widerfuhren mir (wie Sie sich denken können) sehr viele Dinge mehr, deren Kenntnis ich Ihnen ersparen werde. Aber sechs Jahre später kehrte ich nach Piura zurück. Es war das Jahr 1952, und auch dieses Mal lebte ich, wie das erste Mal, ein Jahr in dieser Stadt. Dort beendete ich die Schule; damals war ich siebzehn Jahre alt. »Das grüne Haus« war immer noch da, am selben Ort. Ebenso die *Mangachería*. Die Sammlung der Heiligenbildchen von Padre García hatte sich vergrößert und ebenso seine Grantigkeit: Er war ein jähzorniger kleiner Alter, der keuchend und mit erhobener Faust die kleinen Jungen verfolgte, die auf der Plazuela Merino zuviel Lärm beim Spielen veranstalteten. Ich hatte mich inzwischen zu der Erkenntnis durchgerungen, daß der wahre Ursprung der Babys nicht so schrecklich war und daß die Sache sogar einen gewissen Reiz besaß. Meine Klassenkameraden (auf meinen Wunsch besuchte ich statt der Salesianer-Schule die staatliche San-Miguel-Schule, aber dort traf ich mit vielen Mitschülern aus dem Jahr 1946 zusammen, die ebenfalls die Schule gewechselt hatten) zeigten nach wie vor großes Interesse am »grünen Haus« und ich ebenso. Die Erwachsenen beharrten noch immer

darauf, es sei nicht ratsam, sich diesem Ort zu nähern, er sei gefährlich für den Körper und schädlich für die Seele. Aber zu jener Zeit waren wir nicht mehr gehorsam, wir fürchteten die Hölle nicht mehr, und körperliche und geistige Gefahren zogen uns an. Wir wagten uns zu nähern, wagten hineinzugehen. So lernte ich »das grüne Haus« von innen kennen, so klärte sich das Geheimnis auf. Ich muß gestehen, daß ich eine gewisse Enttäuschung empfand. Die Wirklichkeit reichte nicht an die Riten und Händel heran, mit denen die Phantasie den grünen Palast der Sanddünen ausgestattet hatte. Tatsächlich nahm sich der Palast jetzt primitiv und äußerst ärmlich aus, der Ort der Träume war weiter nichts als ein sehr bescheidenes Bordell. Die Damen wirkten weniger stolz, weniger hochgewachsen, weniger elegant, volkstümlicher und vulgärer als sechs Jahre zuvor. Aber obwohl es sich so sehr von dem Bild unterschied, das ich mir von ihm gemacht hatte, gab es etwas Faszinierendes und Denkwürdiges an diesem Bordell. Es war eine ziemlich unterentwickelte, alles andere als bequeme, aber wahrhaft originelle Einrichtung. Es bestand aus einem einzigen, riesigen Raum voller Türen, die auf die Wüste hinausgingen. Darin ein Drei-Mann-Orchester: ein fast blinder Alter, der die Arpa spielte, ein sehr junger Gitarrist und Sänger und eine Art Riese, ein Gewichtheber oder

Ringkämpfer, der die Trommel und die Tschinellen handhabte. In einer Ecke des Salons befand sich die Bar, ein Brett über zwei Böcken, die von einer alterslosen Frau mit sauertöpfischem, puritanischem Gesicht bedient wurde. Und zwischen der Bar und dem Orchester liefen die Drinsassinnen auf und ab oder saßen rauchend auf rohen Bänken, an die Wand gelehnt, in Erwartung der nächtlichen Besucher. Diese kamen mit der Dunkelheit, und Besucher und Drinsassinnen unterhielten sich und scherzten miteinander, tanzten und tranken, und dann gingen die Paare hinaus, um ihre Zeremonien im Sand zu zelebrieren, am Fuß der Dünen, unter den funkelnden Sternen des Nordens. Es gab nicht das geringste Problem: In Piura regnet es so gut wie nie, die Nächte sind lau und anregend. Darin bestand, abgesehen von sporadischen Prügeleien zwischen Betrunkenen oder irgendeinem aufwendigen Privatgelage, das von einem hohen Herrn zur Feier einer guten Ernte ausgegeben wurde, das ganze Geheimnis des »grünen Hauses«. Dieses neue Bild des Ortes gesellte sich zu dem alten, als ich Piura in den ersten Monaten des Jahres 1953 verließ. Seitdem bin ich nicht mehr in diese Stadt zurückgekehrt.

Ich ging nach Lima zurück, schrieb mich an der Universität ein, und meine Familie war überzeugt, daß ich Anwalt werden mußte, weil ich einen starken Widerspruchsgeist besaß und die Mathematik verabscheute. Aber getreu diesem Widerspruchsgeist tauschte ich bald die Gesetze gegen die Literatur ein. Zu jener Zeit hatte ich schon eine ganze Weile Erzählungen und Gedichte geschrieben und sogar ein Theaterstück (inklusive Inkas) beendet. Aber die erste Sache, von der ich glaubte, ich schriebe sie im Ernst, und an der ich etliche Wochen intensiv arbeitete, war ein kurzer Roman oder eine lange Erzählung, worin ich versuchte, eine Geschichte zu konstruieren, die aus ebenjenen Erinnerungen an Piura schöpfte: an »das grüne Haus« und die *Mangachería*. Ich erinnere mich kaum an die Erzählung, die Gestalten und die Handlung haben sich verflüchtigt. Ich weiß nur, daß es sich um eine Art Tragödie voller Blut und Fanatismus handelte. Ich war stolz wie ein Pfau, als ich sie beendete; ich glaubte, nun sei ich ein Schriftsteller. Ich gab sie einem Freund zu lesen, dessen literarisches Urteil ich respektierte, und dieser öffnete mir rücksichtslos die Augen. »Ich ziehe das Original vor«, sagte er zu mir. »Deine Erzählung hat zuviel Ähnlichkeit mit ›Der scharlachrote Buchstabe‹ von Hawthorne.« Und er bewies mir in der Tat, daß meine Geschichte getreulich bestimmte Einzelheiten aus »Der scharlachrote Buchstabe« reproduzierte. Es war ein ziemlich harter Schlag. Ich war mir vage und ängstlich der Spuren bewußt, die Darío, Neruda, Vallejo in den Gedichten hinterließen, die ich schrieb, aber bei dieser Erzählung hatte ich die Gewißheit gehabt, etwas Eigenes zu schreiben. Ich hatte während der Arbeit an diesem Text nicht im entferntesten geahnt, daß ich Hawthorne imitierte. Und da dessen Roman mich tatsächlich sehr beeindruckt hatte, gelangte ich zu dem Schluß, daß ich geringe Aussichten als Schriftsteller besaß. Wütend auf mich selbst und auf alle anderen, zerriß ich das Manuskript und vergaß »das grüne Haus«, die Drinsassinnen und die *mangaches*. Ich glaubte, daß ich sie vergaß. In Wirklichkeit lebten sie, zäh und unbesiegt, in der Tiefe meiner Erinnerung fort.

Trotz dieser kläglichen Erfahrung als literarischer Autor schrieb ich weiter, während ich an der Universität studierte, wenn auch nicht mit der Vorstellung, eines Tages Schriftsteller zu werden. Diese Vorstellung ist sehr schwierig, wenn man in einem Land geboren wurde, in dem fast niemand liest: die Armen nicht, weil sie des Lesens unkundig sind oder weil sie nicht die Mittel dazu besitzen, und die Reichen nicht, weil sie keine Lust dazu haben. In einer solchen Gesellschaft stellt der Wunsch, Schriftsteller zu werden, keine Entscheidung für einen Beruf dar, sondern einen Akt des Wahnsinns. In jenen Jahren wagte ich daher nicht, auch nur den Ehrgeiz zu nähren, einmal ausschließlich Schriftsteller zu sein. An einem Tag sagte ich mir, warum letzten Endes nicht Anwalt werden; am nächsten Tag, daß ich Lehrer werden würde, wieder am nächsten, daß der Journalismus das Vernünftigste sei. Ich änderte ständig meine Entscheidungen und meine Berufe, und gleichzeitig schrieb ich heimlich weiter, wie jemand, der sich einer beschämenden Bestimmung überläßt. So vergingen fünf Jahre; 1957 beendete ich mein Studium. Ich hatte begonnen, als Assistent für peruanische Literatur an der San-Marcos-Universität zu arbeiten, und alles deutete darauf hin, daß ich den Lehrberuf ergreifen würde. Im folgenden Jahr erhielt ich ein Stipendium, um in Madrid meinen Doktor zu machen, und ich war schon dabei, die Koffer zu packen, als ein mexikanischer Anthropologe, Dr. Juan Comas, in Lima eintraf. Er kam nach Peru, um bestimmte Forschungsarbeiten bei den Amazonas-Stämmen durchzuführen. Die San-Marcos-Universität hatte gemeinsam mit dem Sommerinstitut für Linguistik eine Expedition für ihn organisiert, und durch die freundschaftliche Vermittlung einer der Organisatorinnen hatte ich das Glück, der kleinen Gruppe anzugehören, die Dr. Comas begleitete. Wir hielten uns einige Wochen im Urwald auf; wir reisten in einem einfachen Wasserflugzeug oder im Kanu, vor allem in der Region des oberen Marañón, in der, in einem riesigen Gebiet verstreut, die Stämme der Aguarunas und Huambisas leben. Auf diese Weise lernte ich jene kleine Ortschaft, Santa María de Nieva, kennen, den anderen Schauplatz von »Das grüne Haus«. Diese Reise durch das amazonische Peru wurde auch zu einem starken gefühlsmäßigen Erlebnis für mich. Ich entdeckte ein Gesicht meines Landes, das mir völlig unbekannt war; ich glaube, bis zu jenem Zeitpunkt stellte der Urwald eine Welt dar, von der ich mir nur durch die Lektüre von Tarzan und durch gewisse Serienfilme eine Vorstellung gemacht hatte. Dort entdeckte ich, daß Peru nicht nur ein Land des zwanzigsten Jahrhunderts war, mit zahlreichen Problemen zwar, aber doch ein Land, das, wenn auch chaotisch und ungleich, an den sozialen, wissenschaftlichen und technischen Fortschritten unserer Zeit teilhatte, wie man glauben konnte, wenn man sich nicht aus Lima oder von der Küste fortbewegte, sondern auch ein Land des Mittelalters und der Steinzeit. Ich entdeckte, daß in dieser abgelegenen Region (abgelegen aufgrund der mangelnden Verbindungen, aber wenige Flugstunden von Lima entfernt) das Leben für die Peruaner rückständig und grausam war, daß Gewalt und Ungerechtigkeit dort das oberste Gesetz des Lebens bildeten, aber nicht in der komplexen, verfeinerten, »entwickelten« Weise wie in Lima, sondern ganz unmittelbar und unverhüllt. Als wir gemeinsam mit dem mexikanischen Anthropologen nach Lima zurückkehrten, brachte ich eine kleine, von den Shapras einbalsamierte Eidechse, einen Bogen und Pfeile der Shipibos und, vor allem, eine Fülle von Erinnerungen an die Reise mit. In den folgenden Jahren sollten von den zahllosen gesehenen und gehörten Dingen drei besonders unabweisbare Bilder die Oberhand gewinnen.

Das erste war die Mission Santa María de Nieva. Die kleine Ortschaft war rings um diese Mission entstanden, deren Gründung anscheinend auf spanische Missionsschwestern zurückging, die einst mit der Absicht in diese unwirtliche Region kamen, die Huambisas und die Aguarunas zu evangelisieren. Wir erhielten Gelegenheit, die Missionsschwestern näher kennenzulernen. Wir konnten sehen, was für ein hartes Leben sie an diesem Ort führten, der während der Regenmonate, wenn die Flußarme in seinem Umkreis sich in mörderische Ströme verwandeln, von der Welt abgeschnitten war. Wir konnten das gewaltige Opfer ermessen, das ihre Anwesenheit in Santa María de Nieva von ihnen forderte. Die rundlichen, rosigen Gesichter der galicischen Nonnen oder die braunen der Andalusierinnen waren von den Insekten und vom Fieber verheert, und manch eine der ältesten begann ihre Sprache zu vergessen und das verarmte Spanisch der Eingeborenen zu radebrechen. Der persönliche Einsatz dieser Missionsschwestern verdiente ohne jeden Zweifel Respekt und sogar Bewunderung.

Aber gleichzeitig konnten wir sehen, daß dieses ganze Heldentum, statt das Ziel zu erreichen, in dessen Dienst es stand, das genaue Gegenteil bewirkte und daß die guten Schwestern dessen nicht im entferntesten gewahr wurden. Was geschah? Die Nonnen hatten eine Schule für die Aguarunas eingerichtet. Sie wollten ihnen Lesen und Schreiben beibringen, sie lehren, spanisch zu sprechen, nicht im Zustand der Nacktheit zu leben und den wahren Gott anzubeten. Das Problem war kurz nach der Eröffnung der Schule aufgetaucht: Die Aguaruna-Mädchen kamen nicht in die Mission, ihre Eltern machten sich nicht die Mühe, sie zu schicken. Obwohl die Entfernung zwischen den Aguaruna-Dörfern und Santa María de Nieva nach Kilometern gemessen nicht groß ist, dauert die Reise aufgrund der Tatsache, daß das einzige Transportmittel der Fluß ist, Stunden und in manchen Fällen Tage. Das war einer der Gründe, weshalb es der Missionsschule an Schülerinnen fehlte. Aber der Hauptgrund lag wahrscheinlich darin, daß die Aguaruna-Familien nicht wollten, daß ihre Töchter von den Nonnen »zivilisiert« wurden. Und warum wehrten sie sich dagegen? Weil sie argwöhnten, daß die Mädchen, wären sie erst einmal »zivilisiert«, sich von ihren Stämmen und von ihren Familien abwenden würden. Deshalb weigerten sie sich zweifellos, ihre Töchter den eifrigen Nonnen anzuvertrauen.

Das Problem war ohne große Umstände gelöst worden. In gewissen Zeitabständen rückte eine Gruppe von Nonnen aus, begleitet von einer Streife der Guardia Civil, um in den Weilern des Waldes Schülerinnen einzusammeln. Die Nonnen gingen in die Dörfer, wählten die Mädchen im Schulalter aus, nahmen sie mit in die Mission Santa María de Nieva, und die Polizisten waren dazu da, jeglichen Widerstand zu neutralisieren. In der Mission blieben die Mädchen zwei, drei, vier Jahre und wurden in der Tat zivilisiert. Sie lernten die Sprache der Zivilisation, die zivilisierten Sitten, lernten lesen, schreiben, nähen, sticken und, natürlich, die »wahre Religion«. Sie lernten, Kleidung zu tragen, Schuhe zu benutzen, das Haar zu schneiden, ihr vorheriges Leben zu hassen, sich ihrer alten Glaubensvorstellungen und Sitten zu schämen. Was aber geschah, wenn diese Mädchen gebührend auf die Zivilisation vorbereitet worden waren? Das Problem, das sich den Nonnen stellte, war gewaltig, denn in Santa María de Nieva gab es nichts, was dem zivilisierten Leben geglichen hätte: Dort herrschte die Barbarei. Was konnten sie mit diesen Mädchen tun? Sie zu den Stämmen, in ihre Familien zurückschicken? Es wäre absurd und grausam gewesen, sie in eine Lebensform zurückzuversetzen, die zu verabscheuen die Nonnen ihnen systematisch beigebracht hatten und deren diese Mädchen sich zweifellos bereits mit

Schrecken erinnerten. Sie würden sich schwerlich daran gewöhnen können, wie früher zu leben, halbnackt, Schlangen oder Bäume anzubeten, eine der zwei oder drei Sklaven-Frauen eines Kaziken zu sein. Aber diese Mädchen konnten auch nicht unbegrenzt bei den Nonnen bleiben, sie mußten neuen Schülerinnen Platz machen. Wie lösten die Nonnen dieses zweite Problem? Sie vertrauten viele dieser Mädchen den Vertretern der Zivilisation an, die in Santa María de Nieva Station machten: Offiziere der Grenzgarnisonen, Händler aus Bagua, Contamana oder Iquitos, Ingenieure und Techniker, die sich in der Region auf der Suche nach Erdöl befanden. Die Nonnen übergaben diese Mädchen als Dienstmädchen oder Angestellte, mit allen nur erdenklichen Empfehlungen. Sie wollten sicher sein, daß die Mädchen in ihrem neuen, weit entfernten Zuhause nicht verlören, was sie in der Mission gewonnen hatten. Sie ließen sich das Versprechen geben, daß die Mädchen in den neuen Familien weiter unterrichtet und zivilisiert würden. Und die Offiziere, Händler und Ingenieure leisteten alle erforderlichen Schwüre: Sie würden jeden Sonntag zur Messe gehen, aber ja; sie würden ordentlich gekleidet sein und gut behandelt werden, aber ja. Manchmal nahmen die Vertreter der Zivilisation statt einer gleich zwei oder sogar drei Aguarunas mit: für Freunde, für Verwandte. So gingen diese

Mädchen aus dem Urwald in die Städte, nach Lima, wo sie ihre Tage voraussichtlich als Köchinnen oder Kindermädchen, in den Höhlen der Elendssiedlungen oder in den »grünen Häusern« beenden würden. Ohne es zu wollen noch zu wünschen und um den Preis gewaltiger Mühen, versorgten die Nonnen von Santa María de Nieva die Familien der Mittelklasse mit Dienstboten und bevölkerten die Hölle der Elendsviertel und die Bordelle der Zivilisation mit neuen Bewohnerinnen. Die ungeheure Fragwürdigkeit des Ganzen erschien mir fast ebenso beeindruckend wie das unsichtbare Drama, dessen blinde Erfüllungsgehilfen die liebenswerten Nonnen der Mission waren.

Ich möchte Ihnen nicht den Eindruck vermitteln, ich sei ein naiver Anhänger der Rousseauschen Theorie vom guten Wilden, der von der christlichen Zivilisation verdorben wird. Das Leben in den Stämmen ist alles andere als arkadisch; die Bilder der Kinder mit den von Parasiten und Unterernährung aufgeblähten Bäuchen und den von Nissen wimmelnden Köpfen, der Anblick der von tierischer Arbeit abgestumpften Frauen, die schaurigen Statistiken über die Sterblichkeit im Amazonas-Gebiet, die Geschichten von Ortschaften, die durch einen simplen Schnupfen dezimiert wurden, stehen mir lebhaft vor Augen. Ich bin auch weit davon entfernt, die bedenkliche Haltung gewisser Anthropologen zu teilen, die das »prähistorische« Leben der Stämme um jeden Preis unversehrt bewahren wollen, um (wie der Wolf Rotkäppchen) »es besser sehen zu können«. Davon kann keine Rede sein. Ich meine nur, daß die Lösung der Missionsschwestern für das Drama der Aguarunas keine war; vielmehr fügten sie dem Leben dieser malträtierten Gemeinschaft – mit selbstloser Blindheit – weitere Probleme hinzu.

In der Expedition reiste auch Efraín Morote Best mit, ein Wissenschaftler von der Universität in Cuzco, der einige Jahre zuvor Koordinator des Erziehungsministeriums im Urwald gewesen war. Seine Aufgabe bestand darin, die Eingeborenenschulen der Amazonas-Region zu überwachen und zu unterstützen. Zwei Jahre lang war Morote unter sehr schwierigen Bedingungen fast durch den ganzen Urwald gereist. Zuweilen von einem Führer begleitet, zuweilen allein, fuhr er im Kanu die amazonischen Flüsse hinauf, schlief dort, wo die Nacht ihn überraschte, mitten im Wald oder an den Ufern und ernährte sich von dem, was die Eingeborenen ihm anboten. Er war stolz darauf, sich auf diesen Reisen jeden Tag rasiert zu haben und niemals der Versuchung erlegen zu sein, sich den Anschein eines »Abenteurers« oder »Forschers« zu geben. Morote hatte sich nicht darauf beschränkt, den Lehrern im Urwald Arbeitsmaterialien zu liefern und Schulen bei den Stämmen zu organisieren. Als Volkskundler und Soziologe hatte er auch die Lebensbedingungen in den Dörfern studiert, ihre Arbeitssysteme, ihre Glaubensvorstellungen, sowie Legenden und Lieder zusammengetragen. Morote Bests Anwesenheit war sehr nützlich für uns, er erwies sich als unschätzbare Informationsquelle. Außerdem konnten wir dank seiner Hilfe mit den Aguarunas, den Huambisas und den Shapras sprechen, die ihn kannten und ihm vertrauten. Wenn wir in den wenigen Tagen, die unsere Reise durch den Urwald dauerte, soviel Leid gesehen hatten, dann war die Vorstellung dessen, was Morote in den beiden Jahren seines Aufenhalts im Amazonas-Raum gesehen haben mochte, nachgerade schwindelerregend. Kleingewachsen, förmlich, von manischer Perfektion in seiner Redeweise wie alle Intellektuellen aus Cuzco, mit lebhaften Augen, die seine Tatkraft verrieten, war Morote in diesen beiden Jahren eher ein Beschützer der Stämme als ein bloßer Schulinspektor gewesen. Das Erziehungs- und das Kriegsministerium, die Präfekturen und Unterpräfekturen im Urwaldgebiet waren in diesen vierundzwanzig Monaten mit Briefen und Berichten von Morote bombardiert worden, in denen er Fälle von Menschenraub, Diebstähle, staatliche Übergriffe, Attentate gegen die Schulen angeprangert hatte. Einige Male hatte sich dieser schreckliche kleine

Mann (da das Wasserflugzeug winzig war, stemmte Dr. Comas bei jedem Start auf seinem Vorderplatz Morote quasi wie ein Gewicht in die Höhe, damit der Rückteil des Apparates aus dem Wasser hochkam) persönlich den Verursachern der Gewalttätigkeiten entgegengestellt und sich natürlich Feinde gemacht. Er hatte Drohungen erhalten, er war gewarnt worden, daß man ihn beseitigen würde, falls er sich bestimmten Regionen näherte. Als wir uns im Aguaruna-Dorf Urakusa befanden, traf ein Mann aus Santa María de Nieva ein. Kaum erblickte er Morote, ließ er Zeichen verwirrender Unruhe, wahren Schreckens erkennen. Kurz darauf erfuhren wir den Grund. Die Behörden dieser Ortschaft hatten die Aguarunas und Huambisas der Region glauben gemacht, Morote sei hingerichtet worden, weil er sich ihnen entgegengestellt hatte. Sie hatten eine richtige Pantomime inszeniert: Sie ließen die Eingeborenen eine Radiosendung aus Lima hören, mit Weinen, Schreien und Stöhnen. »Hört ihr? Wer da so um Hilfe ruft, das ist Morote, sie töten ihn, weil er sich mit uns angelegt hat.« Als der Mann Morote in Urakusa antraf, glaubte er, einem Wiederauferstandenen zu begegnen.

In einem anderen Dorf der Aguarunas, in dem wir eine Nacht verbrachten, lernten wir Esther Chuwik kennen, ein Mädchen von zehn oder zwölf Jahren, groß, schwächlich, mit hellen Augen und sanfter

Stimme. Sie sprach etwas Spanisch, und wir konnten während eines Festes mit ihr sprechen, das die Aguarunas zu unseren Ehren veranstaltet hatten. Wie andere Mädchen des Urwalds war sie vor einigen Jahren geraubt worden. Ihre Räuber brachten sie zunächst nach Chiclayo und dann nach Lima, wo sie sie als Dienstmädchen hielten. Während seiner Arbeit als Koordinator des Erziehungsministeriums gelangte Morote Best eines Tages nach Chicais, und der Lehrer des Stammes zeigte ihm ein indianisches Paar, das weinte. Es waren die Eltern von Esther Chuwik. Morote war den Spuren der Räuber gefolgt, und es gelang ihm, das Mädchen auszulösen und es zu seinem Dorf zurückzubringen. Esther konnte oder wollte sich an nichts von ihrem Aufenthalt in Chiclayo und Lima erinnern, aber die Dinge, die ich von ihr hörte, ihre Schüchternheit und ihre lebhaften Augen gruben sich in mein Gedächtnis. Ihre Geschichte war nicht außergewöhnlich, Kinderraub geschah häufig im Urwald. Allein in dem winzigen Dorf Chicais hatte Morote in den letzten Jahren neunundzwanzig Entführungen gezählt. Die *patrones* – Kautschuk-Aufkäufer –, die Ingenieure, die Offiziere, die Händler, sämtliche Botschafter der Zivilisation pflegten sich irgendein Eingeborenenmädchen mitzunehmen, um es für häusliche Arbeiten zu verwenden. Für *eine* Esther Chuwik, die Morote ausfindig machen konnte, war er in Dutzenden anderer Fälle gescheitert. Gleichwohl hatte er es verstanden, die Sympathie und die Dankbarkeit der Stämme zu erringen. Es war rührend zu sehen, wie sie ihn in den Dörfern empfingen. Aguarunas, Huambisas, Shapras umringten ihn lärmend und gestikulierend, begannen ihm ihre Klagen vorzutragen und Dinge von ihm zu erbitten, und dieses Schauspiel dauerte die ganze Zeit, die wir an dem jeweiligen Ort verbrachten. Es war amüsant zu sehen, wie er – tadellos gekleidet, zwergenhaft, großnasig – alles in einem Büchlein vermerkte und den Eingeborenen mit höflicher Feierlichkeit erklärte, er würde, obwohl er nicht mehr Koordinator sei, alles in seiner Macht Stehende tun, um »die Angelegenheit zu regeln«.

Die Mission von Santa María, die Nonnen, die Aguaruna-Mädchen, Esther Chuwik sollten zu einer unvergänglichen Erinnerung dieser Reise durch den Urwald werden.

Eine andere war die Geschichte eines Mannes, den wir auf der Reise kennenlernten. Wir hatten Chicais in Richtung Urakusa verlassen, im Kanu, denn das Wasserflugzeug konnte nicht neben dem Dorf abheben, da der Fluß nur geringe Tiefe besaß. Wir mußten uns einige Stunden auf dem Fluß vorwärtsbewegen. Nie werde ich vergessen, wie wir durch die *caños* hindurchfuhren, äußerst schmale, von Bäumen überdachte Wasserläufe, dunkle Tunnel, die Fluß und Fluß oder See und Fluß oder See und See verbinden und manchmal gerade so breit wie das Kanu waren; zuweilen mußte man sich zusammenducken, bis man mit der Stirn die Knie berührte, um hindurchzukommen. In Urakusa, das nicht weit von Santa María de Nieva entfernt liegt, erfuhren wir die Geschichte von Jum, dem Bürgermeister dieses Aguaruna-Dorfes. Er war zu unserer Begrüßung herausgekommen: den Kopf kahlgeschoren, eine tiefe Wunde an der Stirn und Narben auf dem Rücken und in den Achselhöhlen. Die Geschichte hatte einige Wochen zuvor begonnen, als ein Korporal der Garnison in Borja namens Roberto Delgado Campos seine Vorgesetzten um die Erlaubnis bat, in seinen Heimatort Bagua zu reisen. Der Korporal unternahm die Fahrt nach Bagua in Begleitung von sieben Männern. Als man in Urakusa erfuhr, daß die Gruppe sich näherte, flohen die Aguarunas, in der Furcht, es handele sich um eine Aushebung von Soldaten, in den Wald. Der Korporal und seine Männer verbrachten die Nacht in der verlassenen Ortschaft. Am nächsten Tag zogen sie weiter und nahmen in ihren Rucksäcken zahlreiche Vorräte und Wertgegenstände mit, die sie im Dorf gefunden hatten. Als die Bewohner von Urakusa zurückkehrten und sahen, daß sie geplündert worden waren, machten sie sich auf die Suche nach den Räubern. Sie holten sie einige Tage später ein, als Delgado Campos und seine Männer gerade im Wald schliefen. Der Korporal und drei der Seinen wurden gefangengenommen, geschlagen und nach Urakusa zurückgebracht. Als die Aguarunas mit ihren Gefangenen in das Dorf kamen, trafen sie auf Jum, der von einer mehrtägigen Reise durch den Urwald zurückgekehrt war. Der Bürgermeister, der nichts von dem Vorfall wußte, befahl die Freilassung von Delgado Campos und lieh ihm sogar sein Kanu, damit er nach Borja zurückkehren konnte. Einige Tage später landete in Urakusa, aus Santa María de Nieva kommend, eine offizielle Expedition, um dem Dorf die Rechnung für das Geschehen zu präsentieren. An ihrer Spitze stand der Militärgouverneur von Nieva, Leutnant Julio Reátegui; elf Männer gehörten ihr an. Als Jum sie ins Dorf kommen sah, ging er ihnen entgegen, um den Gouverneur willkommen zu heißen. Kaum hatte dieser ihn in Reichweite, versetzte er ihm einen schweren Hieb gegen die Stirn. Die Aguarunas begannen davonzulaufen, aber sie packten außer Jum weitere fünf Männer, zwei Frauen und etliche Kinder. Das übrige Dorf war im Wald verschwunden. Die sechs Gefangenen wurden in einer Hütte von Urakusa gefesselt, die die Bewohner uns aufgeregt und wortreich zeigten. Dort wurden die Gefangenen von den Soldaten, die den Gouverneur begleiteten, verprügelt und mit Fußtritten traktiert.

Die beiden Aguaruna-Frauen wurden vergewaltigt. Eine der beiden, die Frau eines Mannes namens Tandím – in meiner Erinnerung sehe ich ihn mißtrauisch und düster, mit einem großen weichen Bauch, von hermetischer Stummheit –, der mit Jum zusammengebunden und ebenfalls im Gesicht verletzt worden war, wurde achtmal vor den Augen ihres Mannes und ihrer Kinder vergewaltigt. Am nächsten Tag wurde Jum, allein, nach Santa María de Nieva gebracht. Sie hängten ihn an einen Baum auf dem Platz, nackt, und er wurde ausgepeitscht, bis er das Bewußtsein verlor. Sie verbrannten ihm die Achselhöhlen mit heißen Eiern (nie habe ich verstanden, wie sie das machten). Auf die Folter folgte die Demütigung: Er wurde kahlgeschoren. Die Aufsicht bei der Abschreckungsmaßnahme führten der Militärgouverneur von Santa María de Nieva, Leutnant Julio Reátegui; der Friedensrichter Arévalo Benzas; der Bürgermeister Manuel Aguila; ein Leutnant des Pionierbataillons Nummer 5, Ernesto Bohórquez Rojas, die Lehrerin des Ortes, Alicia de Reátegui, und ein Jesuitenmissionar. Nach drei Tagen Folter wurde Jum freigelassen und kehrte nach Urakusa zurück. Da er ziemlich gut spanisch sprach, konnte er uns die Geschichte bis in alle Einzelheiten erzählen. Wenn er unsicher wurde, kam ihm Morote Best zu Hilfe, der einige Kenntnisse der Aguaruna-Sprache besaß. Dann und wann stieß Jum einen hysterischen Schrei aus und zeigte auf die Bäume: *»paiche, paiche«*. Es war eine Metapher: Sie hatten ihn an einem Baum aufgehängt, wie man in der Amazonas-Region die *paiches* und Tümmler aufhängt, jene Säugetier-Fische, deren Zitzen die ersten Spanier, die die Flüsse des Urwalds hinunterfuhren, glauben ließen, sie seien in das mythologische Reich der Amazonen gelangt.

Der Vorfall mit dem Korporal Delgado Campos bildet keine hinreichende Erklärung für die Gewalt, die Urakusa und Jum erleiden mußten. Der tiefere Grund für die Brutalität der Behörden von Santa María de Nieva war ökonomischer Natur. Die Aguarunas hatten kurz vor dieser Begebenheit versucht, eine Kooperative zu organisieren, um sich der Herrschaft der *patrones* zu entziehen, die den Handel mit dem Kautschuk und den Tierhäuten in der Region kontrollierten. Die Stämme am oberen Marañón lebten damals – ich fürchte, die Dinge haben sich nicht sehr verändert – von dem Kautschuk, den sie an die *patrones* oder Zwischenhändler verkauften, die ihn ihrerseits an die Industriezentren oder an die Bank zur Förderung von Landwirtschaft und Viehzucht weiterverkauften. Der *patron* kaufte das Kilogramm Kautschuk zu einem Preis, der zwischen einem Sol zwanzig und fünf Sol schwankte, und verkaufte es in Contamana zu einem drei- bis vierfachen Preis weiter. Damit war das Geschäft jedoch nicht erschöpft. Die meisten Aguarunas und Huambisas, die den Kautschuk lieferten, konnten weder lesen noch schreiben und schon gar nicht die Waagen handhaben, auf denen die Ware abgewogen wurde. So war es der *patron*, der bei der Entgegennahme des Kautschuks dessen Gewicht bestimmte, und dieses lag natürlich immer unter dem tatsächlichen, denn die Waagen waren entsprechend manipuliert. Mehr noch, das Geschäft wurde nicht auf der Grundlage von Geld getätigt, sondern im Austausch für Naturalien. Der *patron* zahlte in Form von Macheten, Flinten, Kleidungsstücken, deren Preis er selbst festsetzte. Auf diese Weise verschuldete sich der Aguaruna bei der Übergabe des Kautschuks ständig gegenüber dem Zwischenhändler. Die Machete, die Flinte, die Lebensmittel und die Kleidung, die er erhielt, konnten nie durch die Kautschukkugeln bezahlt werden, so daß er wieder in das Dickicht eindringen und mehr Kautschuk herausholen mußte, um einige Monate später, bei einer weiteren Transaktion mit dem Zwischenhändler, zu erleben, daß seine Schulden abermals wuchsen. Dieses System bestand seit Jahrzehnten, es war ein Überbleibsel des Goldenen Zeitalters des Urwalds (am Ende des vergangenen Jahrhunderts und zu Beginn des jetzigen), als das »Kautschukfieber« herrschte. Diese Epoche gehörte mittlerweile der Vergangenheit an. Die *patro-*

nes waren jetzt oft arm und sogar elend, barfüßige Halb-Analphabeten mit primitiven Sitten. Der Kautschuk und die Tierhäute der Amazonas-Region hatten aufgehört, ein »gutes Geschäft« zu sein. Am oberen Marañón erreichte die Ausbeutung des Menschen durch den Menschen Dimensionen bestialischer Gewalt, aber die Nutznießer dieses Schreckens zogen keinen Reichtum daraus, nicht einmal Wohlstand: nur ein düsteres Überleben. Die Armut der Region, der Anachronismus dieser Gesellschaft führten zu einer Ausbeutung im Urzustand. Im Rahmen des »Bildungsplans« für den Urwald hatte man in diesen Jahren ein System erarbeitet, das darin bestand, die aufgewecktesten und tatkräftigsten Männer der Stämme zu einem mehrmonatigen Lehrgang nach Yarinacocha (in der Nähe von Pucallpa) zu bringen, wo sich die Zentrale des Sommerinstituts für Linguistik befindet, damit sie danach zu ihren Stämmen zurückkehren und Schulen eröffnen konnten. Jum hatte diese Ausbildung in Yarinacocha erhalten. Ich weiß nicht, ob dieser Aufenthalt in der »Zivilisation« aus der Gruppe von Aguarunas gute Lehrer gemacht hat. Aber einigen von ihnen hat er die Augen über ein sehr konkretes Problem geöffnet: Als sie den wirklichen Wert des Geldes und der Dinge entdeckten, erkannten sie den Mißbrauch, den die *patrones* mit ihnen betrieben. Sie begriffen, daß sie sehr viel höhere Gewinne erzielen würden, wenn sie die Kautschukkugeln und Tierhäute anstatt an die Zwischenhändler direkt in den Städten verkauften; und auch, daß die Gegenstände, die sie von den *patrones* für den Kautschuk erhielten, sie sehr viel weniger kosten würden, wenn sie sie in den Läden kauften. Auf diese Weise war die Idee entstanden, unter den Aguarunas eine Kooperative zu bilden, und Jum war eine der treibenden Kräfte dieser Idee gewesen. In Chicais hatte eine Zusammenkunft der Bürgermeister der zehn oder zwölf verstreuten Dörfer stattgefunden, in denen die Aguarunas am oberen Marañón leben, und dort hatten Jum und die anderen Lehrer ihre Leute überzeugt, den Handel mit den *patrones* einzustellen, den Kautschuk und die Tierhäute sämtlicher Dörfer in Chicais zu sammeln und einmal im Jahr eine Expedition nach Iquitos zu unternehmen, um sie direkt an die Unternehmer zu verkaufen. Sie hatten eine große Hütte gebaut, die als Lagerraum dienen sollte. Wir lernten sie kennen, denn in ihr spannten wir die Moskitonetze auf und taten in der Nacht, die wir in Chicais verbrachten, kein Auge zu (aufgrund des unangenehmen Geruchs der Kautschukkugeln und der Tapir-, Jaguar- und Kaimanhäute). Der Plan der Aguaruna-Kooperative bedeutete das Todesurteil für das Geschäft der *patrones*. Das war es im Grunde, was die Amtspersonen von Santa María de

Nieva – die *patrones* der Region – unter dem Vorwand des Zusammenstoßes mit dem Korporal Delgado Campos an Urakusa und an Jum bestraft hatten. Sie hatten es Jum gesagt, während sie ihn folterten und als sie ihm erlaubten, in sein Dorf zurückzukehren: »Damit ihr Aguarunas auf immer vergeßt, selbst in der Stadt verkaufen zu wollen.« Als wir durch Urakusa kamen und die Geschichte erfuhren, konnten wir nicht wissen, daß die exemplarische Bestrafung dieses Aguarunas und seines Dorfes genau die von den Henkern beabsichtigte Wirkung zeitigen würde. Jums Gesicht, seine Geschichte sollten eine der hartnäckigsten Erinnerungen an die Reise durch den Urwald sein.
Eine weitere galt ebenfalls einem Mann, den ich jedoch nie gesehen habe. Ich erfuhr seine Geschichte (besser gesagt, seine Legende) vom Hörensagen. Alle erwähnten ihn, er war die populärste Gestalt, stand im Mittelpunkt des Geredes und der Klatschgeschichten in allen Dörfern und Weilern am oberen Marañón, durch die wir kamen. Seine Heldentaten waren Mythen, die an jedem Ort mit den Abstrichen und Zusätzen der jeweils vorherrschenden Phantasie erzählt wurden. Alle sagten, er sei ein Teufel, aber sie sagten es mit unübersehbarer Bewunderung. Wer war dieser Mann, welches war seine Geschichte? Ich entwirre nach bestem Vermögen ein Knäuel widersprüchlicher Angaben, die

wir hier und dort zusammentrugen. Er war vor vielen Jahren gesehen worden, wie er den Marañón hinauffuhr; an den Orten, an denen er Rast machte, verkündete er seinen Plan, dem Santiago flußaufwärts zu folgen, bis in die Gegend, in der weit verstreut die Huambisas leben. Niemand wußte, woher er kam oder warum er diesen unwegsamen Landstrich ausgewählt hatte, um sich niederzulassen. Er war Japaner und hieß Tushía. Die Japaner waren während des Zweiten Weltkrieges in Peru angefeindet worden; daher behaupteten die einen, Tushía befinde sich auf der Flucht vor dieser Verfolgung; andere meinten, er fliehe vor Verbrechen, die er in Iquitos begangen hatte. Die Leute hatten versucht, ihn von einer Weiterreise in diese ungastliche, weit entfernte Region abzuhalten. Zu jener Zeit lebten die Huambisas so gut wie ohne Verbindung zur »zivilisierten Welt«; um sie rankten sich, wie um alle Stämme der Jíbaras in Peru und Ecuador, Legenden über Grausamkeit und Blutrünstigkeit. »Gehen Sie nicht hin, seien Sie nicht verrückt, die Huambisas sind gefährlich«, sagten Tushía die »Christen« in den Dörfern, durch die er kam. »Die werden Sie aufessen, die werden Sie umbringen.« Aber der geheimnisvolle Japaner hörte nicht auf die Ratschläge, er fuhr auf dem Santiago weiter und ließ sich auf einer kleinen Insel im undurchdringlichsten Teil der Region nieder, schon nahe an der Grenze zu Ecuador, wo er bis zu seinem Tod bleiben sollte. Diese außergewöhnliche Gestalt verwandelte sich in wenigen Jahren in einen finsteren Feudalherrn, in den makabren Helden eines Abenteuerromans. Die Huambisas brachten ihn nicht um, aber es war ein wahres Wunder, daß er nicht sämtliche Huambisas umbrachte. Tushía stellte eine kleine Privatarmee auf, mit Aguarunas, aus der Art geschlagenen Huambisas, die aus irgendeinem Grund aus den Stämmen ausgestoßen worden waren, Deserteuren der Grenzgarnisonen und anderen abenteuerlustigen »Christen« wie er selbst. Tushía und seine Bande überfielen die Stämme der Aguarunas und Huambisas regelmäßig immer dann, wenn sie wußten, daß der Kautschuk und die Tierhäute zusammengetragen worden waren, um den *patrones* übergeben zu werden. Dann verkaufte er mit Hilfe Dritter (es war offensichtlich, daß einige *patrones* zu seinen Komplizen gehörten) seine Beute in den Städten. Tushía und seine Bande nahmen nicht nur den Kautschuk und die Tierhäute mit. Sie nahmen auch die Mädchen mit. Das war, mehr als alles andere, der Grund für seine Popularität in der Region, für den neidvollen Kult, der ihm galt: die Mädchen, die er geraubt hatte. Man sprach vom sagenhaften Harem Tushías; die einen behaupteten, er habe zehn Mädchen, andere meinten, zwanzig und mehr: Jeder Mann bevölkerte den Harem mit der Zahl, die er gern in seinem gesehen hätte. Als wir uns in Chicais aufhielten, war kurz zuvor eine der Frauen von Tushía dort gewesen, in Wirklichkeit ein kleines Mädchen von zwölf Jahren, dessen Bekanntschaft Morote Best gemacht hatte. Sie war von der Insel des unersättlichen Japaners geflohen und kehrte in ihr Dorf zurück. Einige Jahre später, bei meiner zweiten Reise in den Urwald, hörte ich in der Ortschaft Nazareth das Zeugnis eines Mannes, der Tushía kennengelernt und ihn in Aktion erlebt hatte, als er mit seiner Bande einen Stamm überfiel. Es war eine barocke, sinnliche Zeremonie, komplexer und künstlerischer als eine simple Plünderung. Als das Dorf besetzt und der Widerstand der Eingeborenen gebrochen war, kleidete Tushía sich wie ein Aguaruna, malte sich das Gesicht und den Körper wie die Eingeborenen mit Orlean und *rupiña* an und zelebrierte ein großes Fest, bei dem er tanzte und sich mit Masato betrank, bis er bewußtlos zu Boden fiel. Er hatte die Sprache der Aguarunas und Huambisas perfekt gelernt, und es gefiel ihm, mit denen zu tanzen, zu singen und bis zum Rausch zu trinken, denen er den Kautschuk und die Frauen raubte. Diese Geschichte gehörte nicht der Vergangenheit an; sie geschah zur gleichen Zeit, da man sie uns erzählte. Sie wiederholte sich seit Jahren bei vollkommener Straflosigkeit, fast vor unseren Augen. Die aus rötlichem Stein erbaute Mission Santa María

de Nieva, die Bestrafung Jums, die Legende von Tushía sind die drei Bilder, zu denen sich diese Reise durch den Urwald für mich verdichtet hat. Meine Gefühle waren widersprüchlich. Jetzt verstehe ich sie besser, aber vor einigen Jahren schämte ich mich, sie einzugestehen. Einerseits erfüllte mich diese ganze Barbarei mit Wut: Sie machte die Rückständigkeit, die herrschende Ungerechtigkeit und Ungebildetheit meines Landes deutlich. Andererseits faszinierte sie mich: was für ein phantastisches Erzählmaterial. Zu jener Zeit begann ich die bittere Wahrheit zu erkennen, daß der Rohstoff der Literatur nicht das Glück, sondern das Unglück des Menschen ist. Die Schriftsteller ernähren sich, wie die Geier, vorzugsweise von Aas.
Von Anfang an dachte ich daran, etwas über all diese Dinge zu schreiben, und bewahrte ein Heft voller Notizen, die ich auf der Reise gemacht hatte. Ich hielt mich einige Wochen in Lima auf, und dann reiste ich über Brasilien nach Europa. Ich erinnere mich, daß ich im glanzvollen Rio de Janeiro, eingeschlossen in mein Hotelzimmer, zwei Tage mit dem Schreiben einer Chronik der Urwaldreise vergeudete, um die mich José Flores Araoz, ein weiterer Teilnehmer der Expedition, für die Zeitschrift »Cultura Peruana« gebeten hatte. Dieser Artikel und die Neuheit Europas ließen den Entschluß, etwas über die kurze, aber tiefe Erfahrung in

der Amazonas-Region zu schreiben, vorübergehend in den Hintergrund treten. Als ich in Madrid eintraf, hatte ich – wie ich glaubte – Santa María de Nieva, Jum und Tushía vergessen. Gleichwohl war es dort, in Madrid, während ich mit einer gewissen Lustlosigkeit an den Doktorandenseminaren der Philosophischen Fakultät teilnahm und in der Nationalbibliothek galoppierende Ritterromane las (diesem Laster war ich verfallen, seitdem ich in Lima *Tirant lo Blanc* gelesen hatte), daß ich mir zum ersten Mal das ehrgeizige Ziel setzte, ein Schriftsteller und weiter nichts als ein Schriftsteller zu werden. Zu dieser Entscheidung gelangte ich durch das Ausschlußverfahren, nachdem ich entdeckt hatte, daß ich auch nicht unterrichten wollte. Weder Anwalt noch Journalist, noch Lehrer: Das einzige, was für mich zählte, war schreiben, und ich besaß die Gewißheit, daß ich immer unglücklich wäre, wenn ich versuchte, etwas anderes zu tun. Niemand möge daraus schließen, daß die Literatur eine Garantie für das Glück ist. Ich will nur sagen, daß jemand, der aus »praktischen Gründen« auf seine Bestimmung verzichtet, eine denkbar unpraktische Dummheit begeht. Über die normale Ration an Unglück hinaus, die ihm im Leben als menschlichem Wesen zukommt, wird er eine zusätzliche an schlechtem Gewissen und Zweifel zu tragen haben. So wurde gegen Ende des Jahres 1958, in einer

Pension der Calle Doctor Castelo, nicht weit vom Retiro-Park, der Akt des Wahnsinns begangen: »Ich werde versuchen, Schriftsteller zu werden.« Alles, was ich bislang geschrieben hatte – ein kleines Theaterstück, eine Handvoll Gedichte, einige Erzählungen, zahlreiche Artikel –, war sehr schlecht. Ich beschloß, daß der Grund für diese Mittelmäßigkeit meine vorherige Entschlußlosigkeit und Feigheit waren, der Umstand, daß ich der Literatur nicht den Vorrang eingeräumt hatte. Ich hatte ein Buch mit Erzählungen beendet, das einen Verleger in Barcelona fand (mysteriöserweise sollte diese Stadt der Ort sein, in dem all meine Bücher das Licht der Öffentlichkeit erblickten), und das Ergebnis war eher deprimierend. Ich hatte sie fast alle in Lima geschrieben, in den knappen Momenten der Freizeit, die zahlreiche langweilige Brotarbeiten mir ließen. Dieses Scheitern rechtfertigte ich so: Man konnte nur Schriftsteller sein, wenn man sein Leben in Abhängigkeit von der Literatur organisierte; wenn man – wie ich bislang – die Literatur in Abhängigkeit von einem Leben zu organisieren suchte, das anderen Herren diente, dann war das Ergebnis katastrophal. Ich ergänzte diese Rechtfertigungen durch eine voluntaristische Theorie: Die Inspiration existiert nicht. Sie war etwas, das vielleicht die Hände von Bildhauern und Malern führte und Dichtern und Musikern Bilder eingab, aber den

Romancier besuchte sie niemals. Er war das Stiefkind der Musen und dazu verurteilt, die verweigerte Zusammenarbeit durch Hartnäckigkeit, Arbeit und Geduld zu ersetzen. Es blieb mir keine andere Wahl, denn wenn die Inspiration für die Romanciers existierte, dann würde ich niemals einer von ihnen sein. Nie überkam mich diese göttliche Kraft, jede niedergeschriebene Silbe kostete mich gewaltige Anstrengung. Sartre, den ich in diesen Jahren mit aggressiver Inbrunst las (Luis Loayza spottete: »das tapfere Sartrelein«), war eine wertvolle Hilfe in jener Zeit: Niemand wird als Schriftsteller geboren, man wurde Schriftsteller, auch in der Literatur wählte man, was man sein wollte.

Um diese Theorie zu beweisen, schrieb ich einen Roman ohne Inspiration, mit weiter nichts als Beharrlichkeit und Schweiß. Die Theorie funktionierte, man erzielte einen anständigen literarischen Ertrag, aber der Preis war hoch. Ich brauchte fast drei Jahre, um dieses Buch zu beenden. Ich mußte es mehrere Male umschreiben, und vor allem am Anfang fiel es mir unsäglich schwer, die Bürostunden zu respektieren, die ich mir auferlegte, so viele Stunden vor der Schreibmaschine sitzen zu bleiben, auch wenn ich nicht eine Zeile schrieb. Der einzige Moment der Erleichterung kam jeden Nachmittag, wenn ich ins »Jute« ging, eine Bar an der Ecke Doctor Castelo und Menéndez y Pelayo, um das

Geschriebene zu korrigieren. Ein schielender Kellner, dessen Namen ich vergessen habe, erschreckte mich, indem er sich auf Zehenspitzen näherte, um über meine Schulter hinweg zu lesen; manchmal bedachte er mich auch mit einem Klaps auf die Schulter: »Na, wie geht's mit diesem Büchlein?« Als ich diesen ersten Roman beendet hatte, fühlte ich mich krank, empfand Widerwillen gegen die Literatur. Ich erdachte daraufhin den Plan – eine merkwürdige Therapie –, zwei Romane gleichzeitig zu schreiben. Ich nahm an, es sei weniger beängstigend, zwei zu schreiben als einen einzigen, weil das Wechseln vom einen zum anderen erfrischend, verjüngend sein würde. Ein äußerst schwerwiegender Irrtum: es war umgekehrt. Statt nachzulassen, verdoppelten sich der Kopfschmerz, die Probleme, die innere Unruhe. Ich lebte zu jener Zeit in Paris und verdiente mir mein Leben – Ironie des Schicksals – als Journalist und Lehrer.

So kam es also, daß im Jahre 1962, in einer knarrenden und glorreichen Wohnung (im Untergeschoß hatte Gérard Philippe gewohnt) in der Rue de Tournon, die Erinnerungen an Piura – »das grüne Haus«, die *Mangachería* – und an den Urwald – die Mission von Santa María de Nieva, Jum, Tushía – in meinem Gedächtnis wiederauflebten. Ich hatte in den vorangehenden Jahren selten an sie gedacht, aber jetzt kehrten diese Bilder mit Macht und über-

deutlich zurück. Ich hatte beschlossen, zwei Romane zu schreiben, wie ich Ihnen schon sagte: einen, der in Piura angesiedelt war, ausgehend von meinen Erinnerungen an diese Stadt, und einen, der in Santa María de Nieva angesiedelt war, bei dem ich als Arbeitsmaterial meine Erinnerungen an die Missionsschwestern, an Urakusa und an Tushía verwenden wollte. Ich begann die Arbeit nach einem ziemlich rigorosen Plan: einen Tag der eine Roman, am folgenden der andere. Einige Wochen (oder vielleicht Monate) kam ich mit den parallelen Geschichten voran. Aber sehr bald begann die Arbeit mühsam zu werden; je mehr die Welt jedes Romans sich entfaltete und Form gewann, um so größere Anstrengung kostete es mich, beide in meinem Kopf getrennt und selbständig zu halten.
In Wirklichkeit gelang es mir nicht. Jeden Tag (jede Nacht) sah ich mich einer schrecklichen Konfusion gegenüber. Absurderweise bestand meine größte Mühe darin, jede Gestalt an ihrem Ort zu halten. Die Piuraner überfluteten Santa María de Nieva, die Urwaldbewohner drängelten sich ebenfalls, um in »das grüne Haus« zu schlüpfen. Es wurde immer schwieriger, jeden in seiner jeweiligen Welt festzuhalten. Eines Tages erwachte ich mit der Gewißheit, daß Bonifacia (eine Gestalt aus der Urwald-Geschichte, die vage an Esther Chuwik angelehnt war, das von Morote Best gerettete Aguaruna-Mädchen)

eine der Drinsassinnen des »grünen Hauses« war; an einem anderen Tag, daß einer der Polizisten aus Santa María de Nieva ein *mangache* war. Ich schrieb die Geschichte von Piura und überraschte mich plötzlich dabei, wie ich sorgfältig die Sicht rekonstruierte, die das Dorf von der Höhe der Mission herab bot; ich schrieb den Roman des Urwalds, und plötzlich füllte mein Kopf sich mit Sand, Johannisbrotbäumen und kleinen Eseln. Am Ende stellte sich eine Art Chaos ein: Wüste und Urwald, die Drinsassinnen des »grünen Hauses« und die Nonnen der Mission, der blinde Arpista und der Aguaruna Jum, Padre García und Tushía, die Sanddünen und das von *caños* durchzogene Dickicht verschwammen zu einem seltsamen, gegensätzlichen Traum, bei dem sich nicht mehr ohne weiteres sagen ließ, wo sich jeder befand, wer wer war und wo die eine Welt aufhörte und die andere begann. Es war zu mühsam, weiter zu kämpfen, um sie auseinanderzuhalten. Ich beschloß daher, es nicht mehr zu tun, diese beiden Welten zu verschmelzen und einen einzigen Roman zu schreiben, der die ganze Fülle der Erinnerungen verwenden würde. Dies kostete mich weitere drei Jahre und reichlich Mühsal, Ordnung in diese Unordnung zu bringen.

In mir lebten zwei unterschiedliche Bilder des »grünen Hauses«. Das erste war jener wunderbare Palast der Sanddünen, den ich nur von außen und von ferne und mehr mit der Einbildungskraft als mit den Augen gesehen hatte, als ich ein neunjähriger Junge war, jenes verführerische Objekt, das unsere Phantasie und unser erstes Begehren aufstachelte und mit dem Nimbus rätselhafter Gerüchte und maliziöser Kommentare seitens der Erwachsenen umgeben war. Das zweite war ein ärmliches Bordell, in das wir, die Schüler der fünften Mittelstufenklasse der San-Miguel-Schule, sieben Jahre später an den Samstagen mit gutem Taschengeld gingen. Diese beiden Bilder verwandelten sich im Roman in zwei grüne Häuser, zwei räumlich und zeitlich getrennte und überdies auf verschiedenen Ebenen der Wirklichkeit angesiedelte Häuser. Das erste, das märchenhafte »grüne Haus«, wurde in ein fernes, legendäres Bordell projiziert, dessen blutige Geschichte nur durch die Erinnerungen, Phantasien, Klatschgeschichten und Lügen der Leute aus der *Mangachería* bekannt werden würde. Das zweite war wirklich und objektiv, gleichsam das andere Gesicht, die platte, die unmittelbare Kehrseite der mythischen, zweifelhaften Institution: ein billiges Bordell, in das die *mangaches* gingen, um sich zu betrinken, sich zu unterhalten und die Liebe zu kaufen. Ich erinnerte mich recht gut an die Gesichter und (obwohl ich mir dessen jetzt nicht ganz sicher bin) an die Namen der drei Mitglieder des Orchesters: Anselmo, der alte blinde Arpista; der junge Alejandro, Gitarrist und Sänger, und Bolas, der muskulöse Trommler und Tschinellenspieler. Ich behielt diese Gesichter und Namen im Roman bei, aber ich mußte diesen flüchtigen Gestalten ein paar anekdotenreiche Biographien hinzufügen. Der junge Alejandro besaß einen romantischen Namen und romantische Züge: Für ihn erfand ich eine sentimentale Liebesgeschichte, wie sie die *valses* erzählen, die er sang. Die eindrucksvolle körperliche Erscheinung von Bolas gab mir sofort eine konventionelle, klassische Gestalt ein: den weichherzigen, guten Riesen, wie Porthos in *Die drei Musketiere* oder Lothar in *Mandrake, der Zauberer*. In Anselmo erweckte ich eine Gestalt zum Leben, die jedem Liebhaber von Ritterromanen und Abenteuerfilmen (vor allem Western) teuer ist: der Fremde, der in eine Stadt kommt und sie erobert. Schon immer hatte ich eine Schwäche für die mexikanischen Melodramen gehabt; um den »einsamen Unbekannten« etwas zu vermenschlichen, fügte ich der Geschichte von Anselmo eine sentimentale, entschieden ins Schaurige spielende Episode hinzu. Zu diesem Zweck benutzte ich die Erinnerung an einen Roman von Paul Bowles, *Himmel über der Wüste*. In diesem Roman sagt ein Mann in einem bestimmten Augenblick (wirklich oder im Traum) zu einer Frau etwas in der Art: »Ich hätte gern, daß du blind wärst, um dich zu erschrekken, dich überraschend zu lieben, mit dir zu spielen.« Seitdem ich ihn gelesen hatte, empfand ich das perverse Bedürfnis, einmal einen Roman zu schreiben, dessen Protagonistin blind wäre. Um Anselmos Leidenschaft noch düsterer zu gestalten, beschloß ich, daß Antonia, das Mädchen, in das er sich verliebte, außer blind auch stumm wäre. Ich erinnerte mich, daß es in Piura häufig zu Entführungen zwecks späterer Heirat kam; der Bräutigam entführte die Braut, bisweilen mit der diskreten Zustimmung der jeweiligen Familien, auf eine Hacienda, die Freunde verabschiedeten das Paar auf der Straße, und einen Monat später wurde die Hochzeit nach allen Regeln des Gesetzes formalisiert. Anselmo würde Antonia entführen und sie in »das grüne Haus« bringen, wo das Mädchen sterben würde: Diese Begebenheit besaß außerdem Faulknersche Anklänge, und Faulkner war (und ist) für mich der Inbegriff eines Romanciers. Es fiel mir sehr schwer, die Liebe zwischen Anselmo und Antonia zu erzählen; die Sache war so überladen, daß sie wenig glaubhaft wirkte. Ich versuchte, sie aus der Sicht von Anselmo zu erzählen, aus der Sicht Antonias, aus der indirekten Sicht einer Gruppe von *mangaches*, welche sich der Episode am Tisch einer Kneipe erinnern, aber keine wirkte überzeugend. Eines Tages fand ich, ich weiß nicht mehr, wie, die Formel, die mir geeignet schien, diese »schreckliche Romanze« in Worte zu fassen. Die Idee war folgende: Die Geschichte von Anselmo und Antonia würde nicht als tatsächlich geschehen erzählt werden (nie würde man erfahren, ob tatsächlich geschehen), sondern so, wie die *mangaches* vermuteten oder wollten, daß sie geschehen war. Die Existenz dieses Liebesabenteuers würde im Roman den nämlichen ungewissen und subjektiven Charakter haben wie das erste »grüne Haus«. Dann kam mir der Gedanke – in Wirklichkeit nahm diese Form Gestalt an, nachdem ich zahlreiche Entwürfe in den Papierkorb geworfen hatte –, eine Stimme einzuführen, die sich von der des Erzählers unterschied, eine Stimme, die das Bewußtsein oder die Seele der *Mangachería* darstellen und die Liebe zwischen Anselmo und Antonia buchstäblich durch Gebote regeln würde. All dies mußte ambivalent gehalten sein, die Stimme würde der von Anselmo selbst so nahe kommen, daß es bisweilen den Anschein hätte, als ginge sie in seine über, als sei sie seine. Aber gleichzeitig würde sie eine Art Flüssigkeit besitzen, eine gewisse Zeitlosigkeit, einen verdächtigen feierlichen Ton, die auf irgendeine Weise den mythischen Ursprung dieser Geschichte verraten würden. Es sind diese drei Episoden des Romans, die mir an dem ganzen Buch am wenigsten mißfallen; vielleicht weil eine Art Masochismus uns veranlaßt, immer das vorzuziehen, was uns am schwersten fällt. Ich war sehr zufrieden mit dem Gesichtspunkt, von dem aus diese Liebe erzählt wurde; er kam mir originell vor. Tatsache ist, daß er von den Kritikern nicht bemerkt wurde, welche die Stimme dieser drei Episoden Anselmo selbst zuschrieben und sie wie traditionelle Monologe lasen.

Ich bestrafte meinen alten Religionslehrer für seinen schlechten Charakter und für alle Heiligenbildchen, um die ich seine Sammlung vermehrte, indem ich ihn in einen Brandstifter verwandelte, der die Frauen der Stadt aufgehetzt und sie veranlaßt hatte, »das grüne Haus« anzuzünden, und deshalb in der *Mangachería* gehaßt wurde. Padre García sollte einer der »negativen Helden« des Romans sein, eine Gestalt, die dazu dienen sollte, den dogmatischen klerikalen Geist zu karikieren und anzuprangern. Aber wie es mir schon zuvor widerfahren war, als ich *Die Stadt und die Hunde* schrieb – eine Gestalt, Leutnant Gamboa, als eine der hassenswertesten des Buches konzipiert, erwies sich als eine der sympathischsten –, stellte ich wieder einmal fest, daß der geplante Roman eine Sache und der verwirklichte Roman eine andere ist. Zu dieser Zeit entdeckte ich, daß Romane hauptsächlich mit Obsessionen und nicht mit Überzeugungen geschrieben werden, daß der irrationale Anteil beim Zustandekommen eines fiktionalen Werks zumindest ebenso bedeutend ist wie der rationale. Während ich das Buch schrieb, verwandelte sich der fanatische Brandstifter ganz allmählich auf unerklärliche Weise in ein geschlagenes, weichherziges menschliches Wesen, auch in ein Opfer, gehänselt von den kleinen Jungen in den Straßen von Piura, die ihm »Brandstifter« hinterherriefen, in einen leicht streitsüchtigen kleinen Alten, der indes noch immer ein Gefühl von Solidarität zu wecken vermochte. In der fünften Mittelstufenklasse auf der San-Miguel-Schule war ich recht eng mit zwei Brüdern befreundet, die wir die Leóns nennen wollen. Sie lebten in der *Mangachería* und waren unverbesserliche und frühreife Nachtschwärmer von überschäumender, unerschöpflicher Fröhlichkeit. Sie konnten tanzen, singen, Gitarre spielen, und niemand übertraf sie im Erfinden von Verrücktheiten. Sie machten mich mit dem Viertel und seinen Menschen bekannt, und sie waren das Vorbild, das mir dazu diente, jenes Quartett zu schaffen, das sich selbst im Roman »die Unbezwingbaren« nennt. In Wirklichkeit usurpierte ich den Namen von einer anderen vier- und fünfköpfigen Gruppe, die ich in Piura nur aus der Ferne gekannt hatte. Die wahren »Unbezwingbaren« waren eine Bande Jugendlicher aus mehr oder minder wohlhabenden Familien, die durch ihre Trinkgelage und Skandale Berühmtheit in der Stadt erlangt hatten. Den Jungen meines Alters wurden sie immer als schlechtes Beispiel hingestellt, und das führte natürlich dazu, daß wir sie noch mehr bewunderten.

Zu dieser Zeit, als ich mitten in der Arbeit an *Das grüne Haus* steckte, las ich *Lehrjahre des Herzens* von Flaubert. Schon damals empfand ich große Bewunderung für ihn, und manche Freunde machten sich über mich lustig, weil ich, mit der Faust auf den Tisch schlagend, behauptete: »Auch *Salammbô* ist ein Meisterwerk.« *Lehrjahre des Herzens* versetzte mich jedoch in ungleich größere Begeisterung als all seine anderen Bücher. Er ist noch immer der Roman, den ich auf die einsame Insel mitnehmen würde, wenn man mir nur einen erlaubte. Vielleicht lag das letzte Geheimnis für diese hingebungsvolle Bewunderung in der Bewegung, die ich empfand, als ich am Ende des Buches, wo Frédérique und sein Freund Deslauriers ihre Vergangenheit Revue passieren lassen und entdecken, daß eine der reichsten gemeinsamen Erinnerungen an ihre Jugend »la maison de la Turque« ist, ein Bordell mit *grün* angemalten Fensterläden, das sie in den Nächten begierig ausspionierten, lesen konnte: »Ce lieu de perdition projetait dans tout l'arrondissement un éclat fantastique. On le designait par des périphrases: ›l'endroit que vous savez – une certaine rue – aus bas des ponts.‹ Les fermières des alentours en tremblaient pour leurs maris, les bourgeoises le redoutaient pour leurs bonnes, parce que la cuisinière de M. le sous-Prefect y avait été surprise; et c'était, bien entendu, l'obsession secrète de tous les adolescents.«

Ich arbeitete diszipliniert und mit einem Enthusiasmus, der niemals nachließ. Mein Brotberuf, die Arbeit in der französischen Rundfunk- und Fernsehanstalt, beschäftigte mich an den Abenden, aber den ganzen Tag hatte ich für mich. Um zwölf stand ich auf, und kaum kam ich aus der Dusche, setzte ich mich bis sieben oder acht Uhr an die Schreibmaschine. Es bereitete mir nicht die geringste Schwierigkeit, Piura heraufzubeschwören. Ich brauchte nur die Augen zu schließen, und schon sah ich seine engen Straßen vor mir, die hohen Bürgersteige, die Häuser mit breiten, vergitterten Fenstern, hörte den wie hüpfenden, eingehenden Singsang seiner Bewohner, der eine leichte Ähnlichkeit mit dem der Mexikaner besitzt. Ich erinnerte mich an die Ausdrücke, mein Zimmer füllte sich mit *churres, piajenos, guas** und mit jenen unvergeßlichen Superlativen: *grandisisisimo, trabajardosisimo, mariconsisimo.*** Alles war da, in meiner Erinnerung, und pulsierte unversehrt. Die Heraufbeschwörung von Santa María de Nieva und der Amazonas-Region

* Kinder, Esel, ach! A. d. Ü.

** riesengroß, überfleißig, Mordsschweinehund. A. d. Ü.

forderte mir jedoch eine gewaltige Anstrengung ab. Das Material, mit dem ich versuchen mußte, diese unermeßliche Welt zurückzugewinnen, bestand gerade nur aus ein paar wenigen Tatsachen, gewissen Situationen, einigen Gesichtern und einer Handvoll Anekdoten. Meine Unkenntnis der natürlichen Umwelt machte mir sehr zu schaffen; ich wußte nichts von Bäumen noch von Tieren, so gut wie nichts über die lokalen Gebräuche und Sitten. Ein ganzes Jahr lang las ich nur Bücher über die Amazonas-Region, alles, was ich in den Buchhandlungen und Bibliotheken in Paris finden konnte, ohne jeden Unterschied. Ich kann – ohne Stolz – behaupten, daß ich die schlimmste, absurdeste Literatur der Welt gelesen habe: Chroniken spanischer Mönche aus dem 17. Jahrhundert, die behaupteten, sie hätten mit eigenen Augen gesehen, wie die Amazonen am Ufer des Flusses, dem sie ihren Namen gaben, ihre Pfeile ausprobierten; eine umfangreiche und verworrene Abhandlung von León Pinelo, der mit ausgiebigen Bibelzitaten bewies, daß das irdische Paradies im peruanischen Urwald lag; das Buch eines extravaganten belgischen Forschers (er war auch Marquis), der die schüchternen Aguarunas als grausame Kopfjäger und Menschenfresser darstellte. Ich erinnere mich an die Broschüre eines ehrgeizigen Polizeiobersten, der vorschlug, die Wilden der Stämme durch ihre Eingliederung in die

Armee zu zivilisieren, und ich erinnere mich auch an eine umfangreiche Doktorarbeit in Geographie, mit der ein Geistlicher an der San-Marcos-Universität promoviert hatte und in der mit hochtrabend wissenschaftlichen Begriffen »Urwald«-Tiere beschrieben wurden, die nur in Legenden und phantastischen Erzählungen existieren. Ich erinnere mich vor allem an die unglaublichen »amazonischen Romane« mit ihrer demagogischen Flora und Fauna: Schmetterlinge groß wie Adler, kannibalische Bäume, Wasserschlangen lang wie Serpentinen. Eine Zeitlang dachte ich daran, einen Essay über diese nahezu unbekannte amazonische Literatur zu schreiben, die vom literarischen Gesichtspunkt aus kaum interessant, aber kurios ist als Symbol für die häufigsten Laster eines gewissen lateinamerikanischen Erzählstils, war es ihr doch gelungen, sie sämtlich zu reproduzieren: Dominanz der natürlichen Ordnung über die soziale, Folklorismus, Dialektismus, ungebremster Erzähleifer, Schaurigkeit. Aber dann gab ich den Plan auf, weil ich nicht die Kraft hatte, abermals in diesen amazonischen Jahrmarkt literarischer Scheußlichkeiten einzutauchen. Einmal in der Woche ging ich in den »Jardin des Plantes«, um mir Bäume und Blumen der Amazonas-Region anzusehen, und manch einer der Wächter mag mich für einen eifrigen Botanik-Studenten gehalten haben. In Wirklichkeit impfte die

1968 erhielt der noch junge und bereits berühmte peruanische Schriftsteller Mario Vargas Llosa die Einladung, an der Washington State University zu sprechen. Er nahm die akademische Herausforderung an – und verblüffte die Zuhörer mit einem Bericht aus seiner Werkstatt, wie er unakademischer kaum sein könnte. Er sprach über die realen Hintergründe und die ganz persönlichen Motive und Anstöße – den »autobiographischen Herzschlag« – seines zwei Jahre zuvor veröffentlichten Romans *Das grüne Haus*. Die rückhaltlose Darlegung wurde, zumal in der späteren Ausarbeitung als eigene Schrift, ein spannendes Stück typisch Vargas Llosascher Prosa. Typisch nämlich im unerschrockenen Überschreiten engerer Gattungsgrenzen dort, wo es der Erhellung dient: von der intimeren Erinnerungsprosa über die essayistische Selbstbefragung weiter zur großen Reportage und wieder zurück.

Wie kommt ein junger Mensch dazu, den »Akt des Wahnsinns« zu begehen und Schriftsteller werden zu wollen? Wie ist überhaupt das Entstehen eines Romans zu verstehen? In welchem Verhältnis stehen die geheimen Triebkräfte des Schreibens mit den jedem Leser offenbaren Motiven eines Werks? Von solchen Fragen geht Vargas Llosa aus und kreist alsbald die konkreten Bilder und Geschichten ein, die dem Entstehen seines Romans *Das grüne Haus* vorausgingen.

Abenteuerlich und verwickelt wie die Romanhandlung selbst ist das langsame und sprunghafte Entstehen des Buches: strapaziöse und riskante Expeditionen in den peruanischen Urwald, hochfliegende Pläne und verzweifelte Kämpfe mit dem Stoff, falsche Ansätze. Vargas Llosa schildert, wie bislang unverbundene Stränge sich plötzlich verknüpfen und wie schließlich die Erinnerungen in Paris, fern von Peru und inmitten der journalistischen Tagesarbeit, die Gestalt einer verschlungenen und komplexen Romanhandlung annehmen.

Die *Geheime Geschichte eines Romans* ›erklärt‹ den Roman nicht und nimmt ihm nicht das Geheimnis seiner Tiefenwirkung. Sie zeigt den mühseligen schöpferischen Prozeß und ist gerade deshalb exemplarisch, weil Vargas Llosa das Zusammenwirken von Erinnerungen, Phantasie und Inspiration nicht romantisch überhöht, sondern auf seine zupackende Art offenlegt.

Lektüre der amazonischen Literatur mich gegen das Laster der Beschreibung, und am Ende sollte ich in meinem Buch nur einen einzigen Baum beschreiben, den ich nie in Paris sehen konnte, die Lupuna, einen riesigen höckrigen Baum, der in den Urwald-Erzählungen als Heimstatt böser Geister erscheint. Ich ging auch von Zeit zu Zeit in den Zoologischen Garten im Bois de Vincennes, um Urwald-Tiere zu betrachten, und jedes Mal, wenn ich den Puma oder das Vikunja erblickte, mußte ich daran denken, was ein anderer peruanischer Schriftsteller, Ventura García Calderón, erzählte, der ebenfalls viele Jahre in Paris gelebt hatte: Als er am Gehege des Lamas vorbeiging, seien die Augen des Tieres feucht geworden vor Melancholie, als es einen Landsmann erkannte.

Ich tauschte die schillernde Legende von Tushía, die ich kennengelernt hatte, gegen eine schäbigere und konkretere ein: einen anrührenden Abenteurer, der von der fixen Idee besessen ist, reich zu werden, der im Verlauf seines Lebens die schlimmsten Grausamkeiten begeht, um dieses Ziel zu erreichen, aber in all seinen Unternehmen scheitert und seine Tage im Lazarett von San Pablo beendet, einer verlorenen Kolonie am Ufer des Amazonas, schon nahe an der brasilianischen Grenze. Meine Absicht war, den wahren Namen des Vorbildes im Roman beizubehalten, aber in einem bestimmten Augenblick verwandelte sich das »T« seines Namens mysteriöserweise in ein »F«, und fortan hieß er Fushía. Als ich mich 1958 von Lima nach Rio de Janeiro begab, hatte das kleine Flugzeug, in dem ich reiste (es gehörte der brasilianischen Luftwaffe), in Campo Grande, der Hauptstadt von Mato Grosso, landen müssen, und uns war nichts anderes übriggeblieben, als zwei Tage dortzubleiben. Ich bewahrte eine schwache Erinnerung an diesen Ort; ich hatte eine endlose Prozession gesehen, aber vor allem erinnerte ich mich an die Moskitos, die mich von Kopf bis Fuß verheerten. Ich beschloß, daß Fushía seine Laufbahn als Bandit in Campo Grande beginnen würde. In Cochabamba hatte ich als kleiner Junge die Geschichte eines Onkels gehört – sie wurde mit dunklen Anspielungen und unterdrückter Scham von der Familie erzählt –, der während des Zweiten Weltkrieges am Schmuggel von Kautschuk und anderem strategischen Material zwischen Bolivien und Argentinien verdient hatte. Ich fügte die Geschichte in das Leben Fushías ein, der auf diese Weise in seinen jungen Jahren zu einem Kautschuk- und Tabakschmuggler zwischen Peru und Brasilien wurde. Ich entschied, daß er leprakrank sein würde, weil diese Krankheit in der Amazonas-Region noch immer möglich war und aufgrund einiger gespenstiger Seiten des Tagebuchs von Flaubert über seine Reise in den Orient, in denen er ausführlich seine unzeitgemäße Begegnung mit einer Horde von Leprakranken in einer Gasse in Ägypten beschreibt. Ich hatte noch nie einen Leprakranken gesehen; meine Arbeit als Journalist der O.R.T.F. verschaffte mir Zugang zur Abteilung für Leprakranke des Krankenhauses Saint Paul in Paris, wo ich unter dem Vorwand einer Reportage erreichte, daß ein junger, freundlicher Arzt mich einige Kranke sehen ließ und mir ein paar fachliche Erklärungen über die Krankheit gab. Diese bildete einen Topos in allen Romanen, die in der Amazonas-Region angesiedelt waren, und besaß aufgrund ihrer reichen literarischen Tradition eine allzu schaurige Aura. Um diese Gefahr etwas zu mildern, beschloß ich, das Wort Lepra nicht ein einziges Mal in meinem Roman zu verwenden. Ich weiß noch sehr genau, daß der bewegendste Moment während des Schreibens mit der Arbeit an dieser letzten Episode verbunden war, in der Fushía, bereits eine menschliche Ruine, mit dem alten Aquilino spricht, der nach langer Zeit und zweifellos zum letzten Mal gekommen ist, um ihn zu besuchen. Nie habe ich soviel Zärtlichkeit für eine Gestalt empfunden wie bei dieser Episode. Manches Mal mußte ich verstört und aufgewühlt von der Schreibmaschine aufstehen. Fushía ist überdies eine der wenigen Gestalten, die ich im Traum gesehen habe.

Ich hatte mir vorgenommen, mit größtmöglicher

Treue die Geschichte Jums, der Aguaruna-Kooperative und der Strafe zu erzählen, die über Urakusa verhängt worden war. Im ursprünglichen Plan und im ersten Entwurf des Romans erschien Jum als eine der zentralen Figuren, beinahe als Hauptfigur. Ich war jedoch außerstande, diesen Vorsatz in die Praxis umzusetzen. Ich versuchte viele Male zu rekonstruieren, wie Jums Leben ausgesehen haben mochte, seitdem er mitten im Wald oder am Ufer eines Flusses auf die Welt gekommen war, bis zu dem Zeitpunkt, da man ihn wie einen *paiche* an einen Baum hängte; ich zerriß zahllose Blätter in dem Versuch, die tragische Episode seines Lebens, von der ich erfahren hatte, aus seiner eigenen Sicht zu erzählen. Es war jedesmal das gleiche: Diese Seiten wirkten immer artifiziell, falsch, plump folkloristisch. Ich ahnte es bereits, aber damals erfuhr ich es ganz unmittelbar und sozusagen am eigenen Leib: Die »reale Wirklichkeit« ist eine Sache und die »literarische Wirklichkeit« eine andere, und nichts ist so schwierig wie der Versuch, beide in Übereinstimmung zu bringen. Schließlich fand ich mich mit den Tatsachen ab: Meine Fähigkeit reichte nicht aus, um die Welt, die abscheulichen Ungerechtigkeiten, die anderen Menschen mit den Augen und dem Bewußtsein dieses Mannes darzustellen, dessen Sprache, Sitten und Glaubensvorstellungen ich nicht kannte. Ich fand mich damit ab, Jums Bedeu-

tung im Roman zu verringern, und splitterte seine Geschichte in verschiedene kurze Episoden auf, die nicht aus seiner Sicht, sondern aus der Perspektive von Mittelspersonen und Zeugen erzählt werden würden, die ich besser konzipieren konnte.
Die Berührungspunkte zwischen Piura und Santa María de Nieva bildeten, nach dem Plan des Buches, der Unteroffizier Lituma, ein Piuraner aus der *Mangachería*, der eine Zeitlang auf einen Polizeiposten im Urwald abkommandiert war und später wieder nach Piura versetzt wurde, und Bonifacia, ein Aguaruna-Mädchen, das von den Nonnen in Santa María de Nieva erzogen worden war, später die Frau des Unteroffiziers Lituma wurde und unter dem Spitznamen »die Selvatica« als Drinsassin im »grünen Haus« endete. Als ich die letzten Korrekturen am Manuskript vornahm, entdeckte ich jedoch plötzlich, daß es zwischen diesen beiden Welten noch eine Verbindung gab, die zwar weniger offensichtlich, aber vielleicht tiefer und in jedem Fall unerwartet war. Don Anselmo hatte die Piuraner immer durch seine Vorliebe für die Farbe Grün erstaunt: So hatte er das Bordell angemalt, so auch seine Arpa. Und war nicht auch anfänglich seine Sprechweise auf Verwunderung bei den Piuranern gestoßen, die seinen Akzent, der weder von der Küste noch aus dem Hochland stammte, niemals zu bestimmen vermochten? Es war einer jener magi-

schen Momente, die dann und wann während der Konstruktion eines Romans eintreten und einen benommen und glücklich machen: Kein Zweifel, Don Anselmo liebte die grüne Farbe, weil sie die Farbe seiner Heimat war, die Piuraner hatten seine Sprechweise nicht erkennen können, weil niemals Leute aus dem Urwald nach Piura kamen.

Als ich den Roman 1964 beendete, fühlte ich mich unsicher, voller Zweifel in bezug auf das Buch. Ich mißtraute hauptsächlich den in Santa María de Nieva angesiedelten Kapiteln. Natürlich hatte ich nicht im Sinn gehabt, ein soziologisches Dokument, einen als Roman verkleideten Essay zu schreiben. Aber ich empfand das störende Gefühl, daß ich trotz meiner Bemühungen das Ambiente und das Leben der Amazonas-Region – im Guten wie im Schlechten – idealisiert hatte. Ich faßte den Entschluß, das Buch so lange nicht zu veröffentlichen, bis ich ein weiteres Mal in den Urwald gereist wäre. In jenem Jahr kehrte ich nach Lima zurück. Dieses Mal erwies es sich als weniger einfach, nach Santa María de Nieva zu gelangen, denn es fehlte an Verbindungen. Sechs Jahre zuvor war ich im Wasserflugzeug des Sommerinstituts für Linguistik sehr bequem durch den Urwald gereist. Dieses Mal reiste ich auf eigene Rechnung und begleitet von einem Freund, dem Anthropologen José Matos Mar, der ebenfalls das erste Mal der Expedition angehört hatte. Unser Plan bestand darin, im Flugzeug von Lima nach Pucallpa zu reisen und von dort aus mit Hilfe des Sommerinstituts für Linguistik die Region des oberen Marañón zu erreichen. Aber die Schwierigkeiten begannen schon, bevor wir Lima überhaupt verlassen hatten. Zwei oder drei Tage hintereinander begaben wir uns vergeblich zum Flughafen – einmal flog man uns nach einer halben Flugstunde zurück –, denn aufgrund des schlechten Wetters konnten die Flugzeuge die Kordillere nicht überfliegen. Wir kamen überein, auf dem Landweg bis nach Chiclayo zu reisen, im naiven Glauben, daß die Straße Olmos-Río Marañón, die auf den Karten eingezeichnet war, tatsächlich existierte und wir irgendeinen Autobus oder Lastwagen auftreiben könnten, der uns nach Bagua bringen würde. In Chiclayo entdeckten wir, daß die berühmte Straße zum Marañón noch nicht fertig war, daß sie zwanzig Kilometer vor dem Fluß endete und weder Busse noch Lastwagen zwischen Lambayeque und Bagua verkehrten. In Chiclayo erklärte man uns, die einzige vernünftige Art und Weise, zum oberen Marañón zu gelangen, sei mit Hilfe der Armee. Mein erster Roman, *Die Stadt und die Hunde*, der in einer Militärschule angesiedelt war, hatte Probleme gehabt, zwei Offiziere (General José del Carmen Marín und General Felipe de la Barra) hatten ihn öffentlich als lasterhaft und unpatriotisch angeprangert, so daß es unwahrscheinlich war, daß ich die Hilfe des Militärs erhalten würde, noch dazu für einen weiteren Roman. Wir besprachen die Angelegenheit und kamen zu dem Entschluß, uns in zwei Ingenieure zu verwandeln, die vom Präsidenten der Republik beauftragt waren, die land- und viehwirtschaftlichen Möglichkeiten in der Region am oberen Marañón zu erkunden. Wir präsentierten uns im Oberkommando der Armee in Chiclayo, und der Offizier, der uns empfing, zeigte sich beeindruckt von unseren Erklärungen. Er ordnete sofort an, daß uns ein Jeep und ein Fahrer zur Verfügung gestellt wurden, um uns nach Bagua zu bringen und danach ins Militärlager »Montenegro«, bis wohin die Straße reichte, deren Bau im übrigen der Armee unterstand. Er bot uns ebenfalls an, unsere Ankunft im Lager per Sprechfunk durchzugeben, damit man uns einen Führer und Lebensmittel gäbe, so daß wir unsere Reise bis zum Marañón fortsetzen konnten. Tatsächlich fuhren wir in einem Jeep, der von einem redseligen Unteroffizier gesteuert wurde, über die Kordillere und gelangten nach Bagua, wo wir die Nacht verbrachten. Am nächsten Tag betraten wir morgens das Militärlager »Montenegro« des Straßenbaubataillons »Morro Solar« Nummer 1. Dort blieben wir vierundzwanzig Stunden und spielten so gut wir konnten unsere Rolle als Ingenieure auf Berufsreise durch die Provinz des oberen Marañón. Der Oberst und Chef des Lagers besaß die Freundlichkeit, zu unserer Ehre eine *anticuchada** zubereiten zu lassen. Das Schwierigste war eine Arbeitssitzung im Speisesaal, während deren wir zwei oder drei Stunden lang die Fragen der Offiziere über die Pläne der Regierung in dieser Region und technische Fragen über unser Fachgebiet beantworten mußten. Ich erinnere mich noch sehr genau an die unendliche Erleichterung, mit der ich nach dieser Prüfung an jenem Abend ins Bett ging. Am nächsten Morgen begannen wir in aller Frühe mit einem Führer den Marsch zum Marañón, auf einem schmalen Pfad, der im Zickzack durch den Wald führte, uns zuweilen im Morast versinken ließ, anstieg und abfiel, sich krümmte, uns ausrutschen ließ, wobei wir uns zahlreiche Schrammen holten, bis wir irgendwann kurz davor standen, zu kapitulieren. In der Abenddämmerung erreichten wir endlich das Ufer des Marañón. Der Führer entließ uns dort, in einem gastfreundlichen Weiler der Aguarunas, den wir erschöpft und mit Insektenstichen übersät betraten. Am folgenden Tag brachte man uns im Kanu nach Nazareth, einem weiteren Aguaruna-Dorf, und zwei oder drei Tage später landeten wir schließlich in Santa María de Nieva. Wir hatten

* Gericht mit gebratener Rindsleber. A. d. Ü.

eine Woche gebraucht, um unser Ziel zu erreichen.
Auf den ersten Blick hatte sich in diesen sechs Jahren so gut wie nichts verändert, die Zeit schien nicht weitergegangen zu sein. Die Amtspersonen, die Missionare, die Nonnen, die Probleme waren dieselben. Das Geschäft mit dem Kautschuk und den Tierhäuten mußte noch dürftiger als früher sein, denn die *patrones*, die nämlichen, die Jum gefoltert und Urakusa exemplarisch bestraft hatten, lebten halb verhungert fast in der gleichen Verlassenheit und Misere wie die Aguarunas. Man brachte uns in der Mission unter, und wir konnten sehen, daß sich zumindest im Hinblick auf das Einsammeln von Schülerinnen einiges geändert hatte. Das Problem der Mission bestand jetzt im Mangel an Raum und Lehrerinnen, die Örtlichkeit war nicht groß genug, um alle Mädchen aufzunehmen, die von den Stämmen kamen. Anscheinend waren das Mißtrauen und die Feindseligkeit der Eingeborenen gegenüber der Mission geschwunden, und sie bemühten sich jetzt darum, daß ihre Kinder sich »christianisierten«. Aber das Problem mit den ehemaligen Schülerinnen war das gleiche: Entweder sie kehrten zurück, um im Wald ein elendes Dasein zu fristen, oder sie gingen als Dienstmädchen der Christen in die »Zivilisation«. Die Nacht, die Matos und ich in der Hütte eines der örtlichen *patrones*

verbrachten, ich weiß nicht mehr, ob in der von Arévalo Benzas oder in der von Julio Reátegui, ist mir wie ein gespenstiger Traum in Erinnerung: Wir tranken lauwarmes Bier und hörten diesen armen Teufeln zu, die uns Jums Geschichte wie eine lustige Anekdote aus der Vergangenheit erzählten. Matos und ich hatten das Gespräch mit unendlicher Behutsamkeit auf dieses Thema gelenkt, aber unsere Vorsicht war unnötig. Mit der größten Ungezwungenheit, sehr freundlich, einander das Wort aus dem Mund nehmend, berichteten sie uns alles, was wir wissen wollten. Ihre Version unterschied sich nicht von der, die wir sechs Jahre zuvor in Urakusa gehört hatten. Sie logen nicht, sie versuchten nicht, das Vorgefallene zu verheimlichen oder sich zu rechtfertigen. Der einzige Unterschied bestand darin, daß diese Handvoll Männer nichts Verwerfliches an dem Geschehen sah: So waren die Dinge, so war das Leben. Jum war noch immer Bürgermeister des kleinen Dorfes Urakusa und durch nichts zu bewegen, sich an diese schwarze Episode der Vergangenheit zu erinnern; er vermittelte uns sogar den Eindruck, als empfinde er Scham, als fühle er sich schuldig an dem, was ihm widerfahren war. Für ihn und die Seinen hatte das Leben seine grausame Normalität zurückgewonnen. Noch immer trugen sie Tierhäute und Kautschuk im Wald zusammen, für die nämlichen *patro-*

nes, und ihre Beziehungen zu diesen waren sicher gut. Tushía indes war auf seiner entfernten Insel im Santiago gestorben. Einige Wochen vor seinem Tod hatte er durch einen seiner Männer einen Brief an die Mission Santa María de Nieva geschickt, den ein Jesuit uns zeigte. Ich war außerordentlich bewegt, als ich versuchte, diesen wahnsinnigen, in einer nahezu unverständlichen Sprache gekritzelten Brief zu entziffern, in dem Tushía, als er den Tod nahen fühlte, die Nonnen bat, ihm die Beichte abzunehmen. Er versicherte, es gehe ihm schlecht, er sei nicht in der Lage, sich zur Mission zu begeben; er unterzog sich einer Art Gewissensprüfung, erklärte sich zum Sünder, forderte die schriftliche Absolution. Außerdem wollte er auch brieflich getraut werden; der denkwürdigste Teil dieses Testaments war sein Versuch, zur Vermeidung jeder Verwechslung das Mädchen oder die Frau seiner Insel zu beschreiben, mit der er getraut werden wollte. In meinem Roman starb Fushía an Lepra. Tushía war an einer zumindest ebenso spektakulären Krankheit gestorben: schwarzen Pocken. Die Mythen und Legenden des Urwalds sind wie seine Bäume und Blumen: sie entstehen rasch, erlangen im Nu üppige Lebenskraft und verfaulen und verschwinden ebenso rasch, um anderen Platz zu machen. Vor ein paar Jahren bereiste Luis Alfonso Diez, ein ehemaliger Student des King's College der Univer-

sität von London, der an einer Doktorarbeit schrieb, die Region des oberen Marañón und erzählte mir später, er habe wenige Menschen getroffen, die sich an Tushía erinnerten, und die wenigen, die ihn nicht vergessen hatten, sprächen von ihm wie von einer dunklen, geschichtslosen Gestalt. Er hielt sich auch in Urakusa auf und sprach mit Jum, der noch immer Bürgermeister des Dorfes war.
Als ich nach Paris zurückkehrte, nahm ich noch einige Veränderungen vor, weniger, als ich befürchtet hatte, und das Buch wurde in der Mitte des Jahres 1966 veröffentlicht. Ich befand mich erneut in Lima, als die Ausgabe erschien, und versuchte abermals, einen Roman zu schreiben. Eines Tages sah ich überrascht, daß die Zeitung »La Prensa« ein Foto des »grünen Hauses« veröffentlichte; nicht des Buches, sondern des wirklichen »grünen Hauses«, das die Journalistin Elsa Arana Freyre vor kurzem fotografiert hatte. Es war größer geworden und jetzt ein modernes, funktionales Gebäude mit zwei Stockwerken und einem blühenden Garten und lag nicht mehr in der Wüste. Die Stadt hatte sich ausgebreitet, und »das grüne Haus« war nicht mehr von Sanddünen, sondern von anderen Häusern umgeben. Kurze Zeit darauf erhielt ich eine Einladung nach Piura. Einige Kameraden meines Jahrgangs hatten ein umfangreiches Programm organisiert: einen Vortrag, einen Besuch in der

San-Miguel-Schule und, natürlich, ein Gedenkessen im »grünen Haus«. Aber am Ende reiste ich doch nicht hin. Schon mit den Tickets in der Tasche, beschloß ich plötzlich, die Reise abzusagen. Seitdem bin ich noch einige Male nahe daran gewesen, nach Piura zu reisen, und jedesmal habe ich den Plan in letzter Minute aufgegeben. Sie würden mich in Verlegenheit bringen, wenn Sie mich bäten, Ihnen den Grund zu erklären. So viel ist jedenfalls gewiß: Ich habe mich weder von dieser Stadt noch von ihren Menschen, noch von ihren Sanddünen befreien können. Sollte jemand von Ihnen eines Tages zufällig nach Piura kommen und durch die *Mangachería* laufen und in »das grüne Haus« gehen, dann möge er den *mangaches* und den Drinsassinnen bitte sagen, daß es mir nicht gelungen ist, sie zu vergessen. Er möge ihnen sagen, daß ich drei langwierige Jahre damit verbracht habe, über sie zu schreiben, und jetzt überall in der Welt für sie Reklame mache, denn sie leben noch immer unbesiegt in meinem Herzen.

Lluch Alcaire, Mallorca, Juni 1971.